Krokus, warum weinst du…

Renate Lanius

Krokus, warum weinst du…

Kriminalroman

Bibliographische Information der Deutschen Nationalbibliothek: Die Deutsche Bibliothek verzeichnet diese Publikation in der Deutschen Nationalbibliographie; detaillierte bibliografische Daten sind im Internet über dnb.dnb.de abrufbar

Titelbild: Marianne Meschede
Gestaltung / Satz: Dipl.-Ing. Hans Christian Kniß

Herstellung und Verlag: BoD – Books on Demand GmbH, Norderstedt

ISBN: 978-3-7568-7767-6

Vorwort

„Großmutter hatte wahnsinnige Angst vor Gewitter", sagte Fichtes Frau Julia. „Wenn es donnerte und blitzte, stellte sie eine Kerze ins Fenster. Die Vorhänge wurden zugezogen, dann wurde gebetet, bis sich das Wetter beruhigt hatte. Gewitter waren die Strafe Gottes. Ließ das Unwetter nach, waren die Gebete erhört worden."

Hauptkommissar Florian Fichte schmunzelte. Er hatte seinen Arm um seine Frau gelegt und sah mit ihr hinaus in das Unwetter, das nicht enden wollte. Donner krachten ums Haus. Blitze durchzuckten die schwarze Wolkendecke und erhellten gespenstig den Himmel. Dazu goss es wie aus Eimern vom Himmel.

„Wissenschaftlich gesehen sind Gewitter luftelektronische Entladungen und keine Strafe Gottes", erklärte Fichte lächelnd.

„Ich weiß", bekräftigte Julia und rief dann ganz entsetzt: „Sieh nur! Das Gießen vom Himmel spült alle Krokusse aus der Erde."

„Ich sehe es, Liebes", beruhigte er sie. „Wir kaufen neue Knollen."

„Wenn du genau hinschaust, könnte man meinen, jeder Krokus weint, so wie das Wasser an ihnen herunterläuft."

„Darf ich darauf hinweisen, dass ein Krokus nicht weinen kann", belehrte Fichte seine Frau scherzend.

1

Ein sonniger Tag im August war für manch einen nichts Besonderes. Aber an gewöhnlichen Tagen kann Ungewöhnliches geschehen. Am frühen Nachmittag eines solches Tages ging bei der Polizei in Köln der anonyme Notruf eines Mannes ein, um einen Unfall im Stadtwald zu melden. Etwas später erschien ein blutüberströmtes, leicht verstörtes Kind in der Praxis eines Allgemeinmediziners auf der Aachener Straße. Auch etwa zu dieser Zeit wurde eine ohnmächtige Frau mit blutender Kopfwunde im Hubertus-Krankenhaus eingeliefert, und erschrockene Spaziergänger fingen eben zu dieser Stunde in Köln Marsdorf ein freilaufendes Pferd ein. Ein nicht mehr ganz junger Arzt begegnete zu dieser Zeit der Liebe seines Lebens.

Das alles hatte weitreichende Folgen, jedes Ereignis auf seine Art. Die alarmierte Polizei schickte umgehend einen Streifenwagen samt Rettungswagen los. Einem Kind wurden Fragen gestellt, eine blutende Kopfwunde versorgt und eine Tetanusspritze verpasst. In der Klinik wurde eine Blutkonserve geordert, und es polterte der Herzschlag eines Arztes beim Anblick der unbekannten Frau mit dem feinen Gesicht, das an zartes Porzellan erinnerte. Außerdem nahm die Polizei ein freilaufendes Pferd in Gewahrsam.

Für den Leser klingt das alles vielleicht ein bisschen durcheinander oder verrückt. Ein Zusammenhang scheint doch unmöglich. Oder? Weiter lesen!

Viel Spaß dabei!

2

„Mein Gott, wie siehst du denn aus! Wie ist das passiert?"

Entsetzt ging die Arzthelferin auf das blutende, weinende Kind zu und nahm es spontan in den Arm, als könne sie es so vor weiterem Unheil bewahren in dieser Welt, die ihrer Meinung nach nicht für Kinder geschaffen war. Fragend sah sie zu dem älteren Ehepaar, welches das Kind vor sich her in die Praxis geschoben hatte.

„Sind Sie die Eltern?", fragte die Helferin.

„Nein, sind wir nicht, auch nicht verwandt. Wir haben die Kleine unterwegs aufgelesen. Sie hat so jämmerlich geweint, lief so verloren daher. Da wir wussten, dass Sie heute Notdienst haben, dachten wir…", stammelte die Frau entschuldigend.

„Schon gut. Ist in Ordnung. Vielen Dank. Das haben Sie richtig gemacht. Wir kümmern uns um das Kind. Möchten Sie warten?"

„Nein, danke vielmals."

„Oder etwas trinken? Wir haben immer einen Pott Kaffee parat."

„Oh, wie nett. Aber danke nein."

Sie verabschiedeten sich von der Helferin, nicht ohne einen ermutigenden Blick zum Kind hin:

„Alles wird gut. Jetzt wird dir geholfen, und…gute Besserung!"

Die Arzthelferin legte den Arm um das Kind und lächelte dem Paar, welches die Kleine in die Praxis begleitet hatte, dankbar hinterher.

„Nun zu dir. Was…?", fragte sie und strich dem Kind eine Haarsträhne aus dem Gesicht.

Noch bevor sie die Frage beendet hatte, platzte die Kleine schluchzend hervor:

„Ich bin gefallen."

In dem Augenblick öffnete sich die Tür des Sprechzimmers. Ohne Zweifel war es der Arzt, der im Rahmen stand. Weißer Kittel, Stethoskop um den Hals und der unverkennbar, forschende Blick. Er stutzte kurz, um dann auf seine Helferin und das Kind an ihrer Hand zuzugehen. Da drehte sich das Mädchen blitzschnell um und stürzte auf den Ausgang zu. Aber der Doktor war schneller. Sanft aber bestimmt hielt er die Kleine an der Schulter zurück, während er einen flüchtigen Blick auf den Kopf des Kindes warf.

„Halt, kleines Fräulein!", befahl er betont freundlich. „Hier geht doch niemand stiften. Wir fressen keine kleinen Mädchen. Kein Arzt kann kein verletztes Kind einfach laufen lassen. Also, nun sag mal zunächst, wie du heißt."

„Swenja"

„Und wie alt bist du?"

„Zwölf."

„Aha! Und was ist dir zugestoßen? Hat dich jemand verkloppt?"

„Ich bin hingefallen", jammerte das Kind.

Der Arzt schluckte kurz vor Erstaunen. Gefallen, schoss es ihm durch den Kopf? Fiel man so? Er war als Kind oft gefallen, von einem Baum, mit einem Fahrrad oder auf dem Eis beim Schlittschuhlaufen. An allen Ecken des Körpers hatte er Blessuren davon getragen. Aber nie an dieser Stelle, mitten oben auf dem Scheitel.

„Gefallen. Aha! Wie ist das passiert und wo bist du gefallen?", fragte er gedehnt.

„Zuhause. Es ist doch gar nicht schlimm. Mir tut auch nichts mehr weh. Wir haben Verbandsstoff zu Hause. Kann ich jetzt gehen?"

„Moment! Nicht so eilig. Im Garten bei euch? Wie ist das passiert? Bis du geklettert oder ausgerutscht?"

„Ja." Das Mädchen nickte eifrig mit dem Kopf, um die Antwort zu bekräftigen. Es versuchte, sich aus dem Griff des Arztes zu lösen. Aber dieser hielt es zwar locker und doch fest genug an der Hand.

„Und dabei hast du dich so verletzt?", fragte er erstaunt. „Warst du alleine daheim?"

„Ja."

„Und deine Mutter, oder..."

„ Papa und Mama sind auf Arbeit."

„Aha! Komm mal mit mir in dieses Zimmer. Wir haben auch Verbandsstoff. Schau mal! Es ist sicherlich mehr als bei euch zu Hause, nicht wahr? Ich sehe mir jetzt deine Verletzung ein bisschen näher an. Dann mach ich dir einen Verband. Und danach kannst du nach Hause gehen. Einverstanden?"

Das Mädchen nickte ergeben und folgte dem Arzt.

Zunächst zog der Arzt ein Mini Mars aus der Schublade, reichte es der Kleinen zur Beruhigung und setzte sich ihr gegenüber.

„Eigentlich ist es verboten, Schokolade an seine Patienten zu reichen. Wegen der Zähne, verstehst du? Deswegen bleibt das unser Geheimnis. Du verrätst mich doch nicht?"

Ein verlegenes Lächeln glitt über das kleine Gesicht, und eine kaum merkliches ‚Nein' war zu hören. Er fragte sich, ob die Kleine wohl immer so kleinlaut war oder nur jetzt in dieser für sie ungewöhnlichen Situation. Er war ein väterlicher Typ und wirkte durch seine Freundlichkeit und schon allein durch seine Anwesenheit tröstend auf Kinder.

Verwundert besah er sich nun die Wunde auf dem Scheitel. Sie klaffte auseinander, blutete und war stark verschmutzt. Blut sickerte nach wie vor ringsum in die verkrusteten Haare, wenn auch nur wenig. Er setzte eine vergrößernde Brille auf und entfernte vorsichtig kleine Schmutzpartikel mit einer Pinzette.

„Halt ganz still. Bin gleich fertig. Es kann ein bisschen picken."

Er staunte, als er winzige Moosteilchen und offensichtlich Reste von Baumrinde vor Augen hatte.

„Habt ihr einen Garten oder viele Pflanzen in der Wohnung?"

„Nein, beides nicht. Warum?"

Er brummte vor sich hin:

„Nur so."

Da stimmte doch etwas nicht, fand er. Wenn man fiel, schlug man sich den Kopf seitlich, rückwärts oder frontal auf. Doch nicht mitten oben auf dem Schädel. Moospartikel in der Wunde. Und Reste von Baumrinde. Da musste sich was anderes zugetragen haben.

„Zuhause, sagst du. Also in der Wohnung?"

„Ja."

Das kam ein wenig zittrig und war ganz eindeutig gelogen. Der Blick des Kindes flackerte auffällig. Also nicht zu Hause. Wo auch immer, aber niemals dort, wo angegeben. Oder das Kind stammte von einem Bauernhof und war kopfüber von einem Baum gestürzt. Das wäre plausibel. Das konnte man doch frei heraus sagen. Warum also erklärte dieses Kind etwas offensichtlich Falsches und zudem so merkwürdig zögerlich? Das war auf jeden Fall verdächtig. Das Kind war in seiner Praxis auf der Aachener Straße in Köln gelandet. Dann musste sich der Unfall in der Nähe abgespielt haben. Nicht irgendwo auf dem Land. Nicht auf einem Bauernhof. Es gab keinen in der Nähe. Nein, passiert war da etwas in Köln. In der Nähe der Praxis. Im Stadtwald? Ja, das war denkbar. Da wäre ein Sturz vom Baum ja wirklich möglich. Aber warum sagte das Kind etwas anderes? Das Kind schwindelte doch einfach.

„Komisch!", knurrte er.

„Wieso? Kann doch…Aua!"

„Es ist gleich vorbei. Ich muss die Wunde ja säubern. Und danach auch flicken, sonst blutet es weiter. Ich entdecke hier Moos…und auch Rinde von einem Baum."

Dazu schwieg das Kind. Was sollte er von dem Schweigen halten? Dieses Kind war auffallend zurückhaltend. Moos und Bäume gab es im Wald. Zu Hause? Das gab es nicht. Warum also? Was verbarg das Mädchen? Hatte es Angst? Vor wem? Doch wohl kaum vor ihm. Vor den Eltern? Dann müsste es etwas ausgefressen haben. Hatte es? Der Arzt sah das Kind über seinen Brillenrand forschend an.

„Nun mal ehrlich bitte, nicht flunkern. Was du erzählst, kann nicht sein."

Auch jetzt antwortete die Kleine nicht. Sie verschränkte die Arme vor der Brust und kniff die Lippen zusammen. Diese Körpersprache verstand er. Sie hieß eindeutig: Lass mich in Ruhe, ich sage nichts mehr. Warum verhielt sich ein Kind derart? Es druckste um jede Antwort herum und verbreitete eine merkwürdige Unruhe, die auf ihn übersprang.

Er hatte nicht nur das Gefühl, dass hier etwas nicht stimmte. Hier stimmte tatsächlich etwas nicht. Während er die Wunde weiter vorsichtig von Dreckpartikeln säuberte, machte er sich Gedanken, was er tun sollte, zu tun hatte. War das ein Fall von Kindesmisshandlung? Wenn ja, durch wen? So ein Vorfall mit dieser Verletzung war dann ja meldepflichtig. Aber er hatte keinerlei Beweis, nur einen vagen Verdacht, auch noch gegen Unbekannt. Reichte das, um Staub aufzuwirbeln? Voreilig wollte er zwar nicht sein, aber auch nicht pflichtvergessen.

Zunächst würde er Kontakt zu den Eltern aufnehmen. Das war ohnehin angebracht. Schließlich saß ein unmündiges Kind vor ihm. Vielleicht kristallisierte sich da heraus, ob die Eltern für die Verletzung des Kindes verantwortlich waren. Dann wäre es ein Fall fürs Jugendamt, oder etwa für die Polizei?

Schweigend reinigte er mit einem feuchten, sterilen Tuch die angeklebten Haare und stillte die Blutung. Mit drei Stichen verschloss er dann die Wunde und legte einen sachten Druckverband an. Swenja hatte bei dem kleinen Eingriff ganz still gehalten. Er hatte den Eindruck, dass sie noch unter leichtem Schock stand. Da das Mädchen keinen Impfpass bei sich trug und keine Auskunft über Impfungen geben konnte, wurde es vorsorglich gegen Tetanus geimpft.

„Muss das sein?", fragte die Kleine ängstlich.

„Bei verschmutzten Wunden ist das angebracht. Tetanus ist eine gefährliche Erkrankung. Die Impfung schützt dich davor."

Das Kind drehte ein mit Blut verklebtes Taschentuch zwischen den Händen:

„Kann ich das hier wegwerfen? Es ist total voller Blut und Dreck."

„Kannst du. Wirf es dort in den Eimer."

Danach fragte er noch einmal nach dem Hergang der Verletzung.

„War denn niemand in deiner Nähe, der dir direkt geholfen hätte, einen Verband angelegt hätte? Provisorisch wenigstens?"

„Nein."

Verbohrte kleine Person. Sie blitzte ihn von unten herauf böse an. Von Entgegenkommen oder etwa Dankbarkeit für seine Hilfe keine Spur.

„Du musst komisch gefallen sein."

„Ja, bin ich."

Die plötzliche Röte in dem kleinen, verbockten und verweinten Gesicht hatte zwar etwas Rührendes, gefiel dem Arzt aber gar nicht. Das Kind blieb bei der gemachten Aussage. Und der Arzt stutzte einfach nur. Er bemerkte zwar bei dem Mädchen eine wachsende Unsicherheit, eine Art schlechtes Gewissen und den zunehmenden Drang, sich davonzustehlen, um ungemütlichen Fragen auszuweichen. Um nicht antworten zu müssen. Die Augen verrieten das. Der Blick zitterte auffällig wie

14

ein kleines Flämmchen. Und das Mädchen rutschte unruhig hin und her auf dem Stuhl.

Nur widerwillig gab es seine Anschrift preis sowie den Namen der Eltern und die häusliche Telefonnummer. Er fand, dass sie für ihr Alter erstaunlich wach war und dauernd auf der Lauer zu liegen schien, sich durch Fragen nicht fangen zu lassen. Zu erwachsen seiner Meinung nach. Je mehr der Arzt bei dem Kind die Nervosität und den Fluchtdrang bemerkte, desto stärker wuchs seine Neugier auf den fragwürdigen Hintergrund.

Er sah auf die Uhr. Zuerst würde er mit den Eltern sprechen.

„Wo sind deine Eltern beschäftigt?"

„Bei der KVB."

Er überlegte, erst die Eltern? Oder vorab bei der Polizei? Bloß, was versprach er sich davon. Was sollte er sagen? Vor mir hat ein Kind mit einer großen, blutenden Wunde am Kopf gesessen. Die Angaben über den Hergang waren aber offensichtlich falsch. Die Polizei würde antworten: Ja und? Kinder sind eben so. Flunkern. Haben Sie keine Kinder? Wunden zu flicken ist doch Ihr Job, oder? Was haben wir damit zu tun?

Wenn er den Verdacht einer häuslichen Gewalttat äußern würde…Das könnte eine Lawine lostreten… und wenn sie unbegründet wäre? Nein, er musste mit Bedacht vorgehen. Also… langsam, nicht voreilig.

„Morgen kommst du noch einmal vorbei zur Wundversorgung. Du wohnst ja in der Nähe. Okay?", meinte er dann fast hilflos und sah der Kleinen kopfschüttelnd nach, die aus der Praxis rannte, als wäre eine Horde wilder Hunde hinter ihr her.

Das beschmutzte Taschentuch des Kindes fischte er dann per Pinzette aus dem Eimer, inspizierte es kurz und verstaute es anschließend in einer Plastiktüte. Wer wusste schon, wofür das noch gut sein konnte.

3

Zur gleichen Zeit, in der das Kind in der Praxis behandelt wurde, wählte ein unbekannter Mann die Nummer 110 der Polizeistation und schrie mit heiserer Stimme in den Hörer:

„Hier hat sich soeben ein Unfall ereignet. In der Nähe vom Belvedere Müngersdorf. Man sieht es vom Binder Weg aus. Zwei Verletzte. Ich glaube, jemand ist tot. Sieht jedenfalls so aus. Bitte schicken Sie schnell einen Krankenwagen. Es ist dringend! Sehr dringend!"

„Wer…? Hallo!" Der junge Polizist schlug auf den Hörer: „He! Hallo?"

„Erst sowas---dann einfach abhauen…", hörte er den Unbekannten schimpfen.

„Wer spricht da? Hallo! Wer ist…?"

Aber die Verbindung war bereits abgebrochen.

„Hallo, hallo!" wiederholte der junge Polizist noch mehrmals, weil er nicht glauben konnte, dass der Anrufer mit so einer alarmierender Nachricht einfach aufgelegt hatte.

„Das war aber merkwürdig", wandte er sich seinem älteren Kollegen zu. „Eine aufgeregte männliche Stimme. Abgehackt. Laut, fast hysterisch, aber trotzdem deutlich verdeckt, als habe er eine Kartoffel im Maul. Meldet einen Unfall. Gott sei Dank gibt er wenigstens den Ort des Unfalls an. Es gebe zwei Verletzte, vielleicht sogar einen Toten. Redet von Abhauen. Wer? Er selbst? Ist der verrückt? Wartet nicht auf eine Antwort. Hängt mich stattdessen einfach ab. Müssen wir daraufhin überhaupt reagieren? War vielleicht bloß der Spaß eines Bekloppten."

„Hat es sich so angehört?", fragte der Kollege.

„Nein! Eher beängstigend ernst."

„Aha! Wir müssen. Auf jeden Fall müssen wir ausrücken. Er hat vielleicht aufgelegt, weil er erste Hilfe leistet. Selbst, wenn sich da ein Irrer einen Scherz erlaubt haben sollte, der Einsatz also umsonst wäre. Wir rücken aus. Wenn sich da tatsächlich ein Unfall ereignet hat, und wir haben uns taub gestellt, weil wir an einen Scherz geglaubt haben, ist das unterlassene Hilfeleistung. Das können wir uns nicht leisten. Was denkst du, was dann los ist, wie die Öffentlichkeit uns verdonnert, sollte da wirklich was passiert sein. Eventuell ein Toter daliegt. Die Presse wird uns zerreißen. Also, auf! Ruf zusätzlich über 112 einen Rettungswagen mit Notarzt. Sicher ist sicher. Hast du das Handy geortet?"

„Was für eine Frage!"

4

Das Ehepaar Melcher hatte sich um eben diese Zeit in einem Kölner Möbelgeschäft nach einer neuen Sesselgarnitur für ihr Wohnzimmer umgesehen und nutzte den freundlichen Tag, um noch ein wenig in Marsdorf entlang der Felder spazieren zu gehen. Sie unterhielten sich angeregt und planten den nächsten Urlaub.

„Was hältst du von einer Flussfahrt über die Donau? Soll sehr schön und abwechslungsreich sein", fragte Herr Melcher seine Frau.

Sie schien nicht begeistert zu sein:

„Ist das nicht langweilig? Nur auf dem Schiff!"

„Überhaupt nicht", ereiferte sich ihr Mann. „Es finden Ausflüge statt mit Besichtigungen von Burgen, Museen oder Märkten, an Bord gibt es täglich ein Programm und manchmal spielt eine Kapelle auf zum Tanz. Dazu leckeres Essen an Bord. Am Ufer kannst du Schwäne und Kormorane beobachten. Das Schiffen über die Donau muss wunderschön sein."

„Ich weiß nicht. Müssen wir doch nicht heute…Lieber Himmel!", rief die junge Frau plötzlich, ohne ihren angefangenen Satz zu vollenden. „Sieh mal, da steht ein Pferd. Ohne Reiter. Ich fasse es nicht."

„Wirklich!", bestätigte der Mann entgeistert. „Es frisst am Straßenrand. Bei diesem Verkehr auf der Dürener-Straße. Es ist sogar gesattelt. Aber kein Reiter weit und breit. Da muss was passiert sein."

Erstaunt oder besser gesagt entsetzt sahen sie dem grasenden Pferd zu, unschlüssig, was sie tun sollten. Die Frau zog wie zum Schutz ihre Jacke fester zu und sah zu ihrem Begleiter:

„Sag doch etwas! Was machen wir bloß! Wir können doch nicht einfach weitergehen. Wenn sich das Tier ein paar Schritte von dem jetzigen Standort entfernt, gerät es in den Straßenverkehr."

„Ich sehe es ja", antwortete der Mann aufgebracht. „Das Pferd hat offensichtlich den Reiter abgeworfen. Passiert doch jeden Tag irgendwo. Muss man sich denn auf so ein Vieh setzten? Sind wir jetzt dafür verantwortlich? Das kann doch wohl nicht wahr sein!"

Die junge Frau murmelte etwas vor sich hin. Beide sahen gebannt zu dem Pferd, das da in aller Ruhe am Straßenrand friedlich Gras fraß, als höre es nicht die vorbeibrausenden Autos und als gäbe es keine Gefahr.

„Willst du einfach weitergehen und dich nicht kümmern?", fragte sie. „Das bringe ich nicht über mich. Das geht einfach nicht. Und der Reiter? Müssen wir den nicht zuerst suchen? Vielleicht ist er verletzt. Oh Gott, das hat uns gerade noch gefehlt."

Beide sahen sich ratlos an. Er meinte abweisend:

„Und? Was zuerst? Willst du das Tier einfangen? Was dann? Wohin mit ihm! Ich habe noch nie ein Pferd an der Hand gehabt. Du etwa?"

„Himmel Herrgott, nein! Wir müssen aber etwas tun. Stell dir vor, es würde angefahren, müsste eingeschläfert werden und wir hätten es verhindern können. Wenn es auf die Straße läuft, führt das mit Sicherheit zu einem Verkehrsunfall. Das wäre verheerend. Damit könnte ich nicht leben.

Der Reiter oder die Reiterin liegt auch irgendwo und blutet vielleicht, oder verblutet. Und wir…"

„Mal doch nicht den Teufel an die Wand", meinet er und sah sich hilfesuchend um.

Sie biss sich deprimiert auf die Unterlippe, meinte dann aber plötzlich entschlossen:

„Egal. Komm. Bevor das Pferd weiterläuft und verletzt oder getötet wird, versuchen wir, es festzuhalten. Dann sehen wir weiter. Ich möchte mir später keinen Vorwurf machen. Wir versuchen es einfach. Wir sprechen mit ihm."

„Du spinnst doch! Mit einem Pferd sprechen. Und der Reiter?"

„Danach! Eins nach dem anderen."

Damit ging sie schon auf das Tier zu, langsam aber beharrlich. Innerlich zitternd. Melcher traute seiner Frau so manches zu. Aber das hier…Sie sprach ja auch mit fremden Hunden, die voller Vertrauen dann an ihrer Hand schnupperten, oder mit Amseln, die sitzen blieben und, wie es schien, ihr zuhörten. Jetzt also ein Pferd!

Langsam und vorsichtig ging Frau Melcher auf das Tier zu, wenn der Ärger auch an ihr fraß, das innerliche Beben nicht beherrschen zu können. Ihr Mann blieb zwei Schritte dahinter. Er war in Schweiß gebadet und hatte einen unregelmäßigen Puls vor Erregung.

„Alles gut", flüsterte sie mit lispelnder Stimme. „Wir tun dir nichts. Ganz ruhig. Bleib bitte stehen. Sei so lieb!"

Sie sprach zwar leise, aber eindringlich und hielt dem Pferd ihre schlotternde Hand entgegen. Sie hatte Angst, das Pferd zu verscheuchen, natürlich auch Respekt vor so einem großen Tier und machte sich Mut. Das Tier war weiß Gott größer als eine Amsel im Garten oder ihr Kanarienvogel im Wohnzimmer. Und sie waren fremd, fremd in der Stimme, fremd im Geruch. Tiere spürten, wer zu ihnen gehörte, aber auch, wer ihnen helfen wollte. Darauf baute die junge Frau, während sie sich langsam näherte.

„Ganz ruhig, ganz ruhig! Braves Tier!", raunte sie, immerhin wesentlich mutiger als ihr Mann, der vorsichtshalber weiterhin zurückblieb. „Ganz ruhig. Wir sind Freunde. Tierfreunde. Verstehst du das?"

„Du bist doch bescheuert", raunte ihr Mann in ihrem Rücken. „Sprichst mit dem Tier wie mit einem Kind. Es versteht deinen Unsinn doch gar nicht."

„Tiere spüren, wer ihnen gut gesinnt ist und wer ihnen helfen will. Jedes Tier erkennt das an Stimme und Geruch."

„Quatsch! Am Geruch! Wie denn?"

„Ganz bestimmt! Ich erklär es dir später."

„ Fass ihn lieber an. An dem Lederzeug, das er am Kopf hat. Oder verlässt dich jetzt dein Mut?"

„Blödmann! Mach du es doch", zischte sie leise.

„Haha!"

In dem Moment fasste die junge Frau ruhig aber beherzt nach dem Geschirr am Kopf des Pferdes, streichelte vorsichtig über seinen Nasenrücken und war froh, dass niemand ihr Herzrasen hörte und die Schweißperlen sah, die aus ihren Axeln liefen.

Das Pferd blieb fast zutraulich stehen und war mehr an dem Gras am Boden interessiert als an der fremden, jungen Frau. Es hatte keine Angst, schien voller Vertrauen, was unbedingt für den

Besitzer sprach, dachte Frau Melcher. Das Tier hatte offensichtlich keine schlechten Erfahrungen gemacht, weder durch den Halter noch durch andere Leute.

„Und jetzt? Was machen wir?", fragte ihr Mann und sah sich ratlos um. Aber da war niemand. „Wie schön! Ein Pferd am Hals, das einem nicht gehört und keiner in der Nähe, der helfen könnte. Die Autos fahren einfach weiter. Das ist doch zum…"

„Hast du dein Handy dabei?", unterbrach ihn seine Frau. „Ja? Na wunderbar. Ruf die Polizei! Sie wissen bestimmt, was zu tun ist und können das Tier übernehmen."

„Wieso glaubst du das? Die jagen Verkehrssünder oder Verbrecher. Sind doch keine Pferdefänger."

„Die Polizei hat eine eigene Pferdestaffel. Vergessen? Sie verstehen was von den Tieren. Außerdem… dein Freund und Helfer. Wenn sie nicht selbst kommen, schicken sie uns auf jeden Fall Hilfe. Es gibt eine Tierrettung."

„Für Pferde?"

„Für alle Tiere in Not. Also! Ruf jetzt bitte die Polizei! 110! Mach schon!"

„Ist ja gut!" Das klang resigniert.

Während er wählte, seufzte sie hörbar und meinte:

„Irgendjemandem muss das Tier ja gehören. Es wird doch vermisst werden. Nicht nur das Pferd. Auch der Reiter. Den wird die Polizei dann suchen müssen. Der wird ja irgendwo im Dreck liegen. Hoffentlich ohne Genickbruch. Verletzt mit Sicherheit, sonst würden wir ihn doch sehen. Die Polizei wird mit Sicherheit alles Nötige in die Wege leiten, für Tier und Reiter."

„Amen!", raunte ihr Mann ergeben, wenn auch nicht ohne Hohn. Dann wartete er darauf, dass die Polizei sich meldete.

5

Swenja war ein rothaariges Mädchen. Ihr dichtes, gelocktes Haar trug sie in einem dicken Zopf im Nacken. In dem kleinen verbissenen Mund standen blütenweiße Zähne akkurat in einer Reihe, wie es sich gehörte. Sie war dürr wie eine Bohnenstange und hielt sich ein wenig vornübergebeugt, als habe sie ein leichtes Rückenleiden.

Ihr Zuhause war ihre Freundesclique. Die meiste Zeit verbrachte sie dort. Dahin wich sie aus, weil sie Angst vor der oft ungerechten und harten Strenge ihres Vaters hatte. Bei kleinsten Anlässen entzog er ihr Taschengeld, verordnete Hausarrest oder strafte mit Schlägen. Ihre Mutter schritt nie ein, auch nicht, wenn sie sah, dass er ungerecht war. Sie war zu schwach und fürchtete ihn ebenfalls, vor allem, wenn er getrunken hatte.

So hatte sich Swenja im Laufe der Zeit den Eltern seelisch entzogen und sich in ihrem Inneren eingemauert. Das familiäre Band war zerschnitten. Strafen ließ sie ohne Jammern über sich ergehen. Ermahnungen perlten an ihrem Schweigen ab. Aufträge erfüllte sie wortlos, wenn auch mit merklichem Widerstand.

Sie sehnte sich danach, großjährig zu werden. Keine Stunde darüber hinaus würde sie in ihrem Elternhaus bleiben. Wohin sie dann wollte und vor allem, wovon sie leben sollte, war ihr im Moment gleichgültig. Immer fand sich irgendwann irgendwo ein Ausweg. Aber so weit war es noch lange nicht.

Zunächst saß sie in der Polizeiwache Köln Weiden auf der Aachener Straße. Die Eltern hatten darauf bestanden. Sie glaubten, dass jemand ihre Tochter verletzt hatte und wollten Anzeige gegen Unbekannt erstatten. Ihre Tochter hatte auf alle Fragen hartnäckig geschwiegen. Nun saßen sie still und wartend neben ihrem Kind und überließen es den Fragen des jungen Polizisten. Der sah sich das Kind eine Zeitlang kritisch an, bis er begann:

„Wie heißt du?"

„Swenja."

„Swenja. Und weiter, du hast doch einen Nachnamen?"

„Swenja Meierbär."

„Aha. Und du bist zwölf Jahre alt. Richtig?"

„Ja."

„Wir haben mit deinem Doktor gesprochen."

„Ich weiß. Meine Eltern wollten das."

„Genau. Er hat gesagt, du seist gefallen. Findet er aber sehr komisch. Also, er meinte, so könne man nicht fallen. Was sagst du dazu?"

„Er war ja nicht dabei." Das kleine Gesicht war missbilligend verzogen.

Auf den Mund gefallen war das Persönchen nicht, ging es dem Polizisten durch den Kopf.

„Stimmt!", sagte er schließlich. „Er war nicht dabei. Aber er hat nachgedacht. Außerdem hat er Erfahrung mit Wunden und hat überlegt, wie so eine Verletzung passieren kann, mitten oben auf dem Kopf. Und da ist er zu dem Schluss gekommen, man fällt nicht so, dass man sich den Schädel an dieser Stelle aufschlägt."

„Auch ein Arzt weiß nicht alles."

Nee, dachte der Beamte. Sicher nicht. Aber doch mehr als du, du kleine Rotznase. Er verkniff es sich allerdings, diese Antwort auszusprechen.

„Sieh eher so aus, als habe dir jemand auf den Kopf geschlagen.", meinte er stattdessen. „War es so?"

Jetzt überzog eine deutliche Röte das Kindergesicht. Aha! Also war es wohl genau so gewesen, sagte sich der Beamte. Irgendeine Person hatte da zugeschlagen.

„Wenn jemand dich verletzt hat, so sag es uns. Derjenige wird dafür bestraft. Man darf niemanden einfach schlagen, selbst wenn es einen Grund gegeben hätte. Was ich nicht annehme. Du weißt doch selbst, dass Schläge verboten sind, egal wer wen schlägt. Also nenn uns bitte denjenigen und erzähle, was sich da eigentlich ereignet hat."

Erwartungsvoll sah der Polizist das Kind an, auf die Antwort erpicht. Aber er wurde enttäuscht.

„Ich will darüber nicht reden. Das muss ich ja auch nicht."

Das kam trotzig und sehr deutlich. Dazu zog Swenja einen Schmollmund wie ein verzogenes Kind. So kam man also nicht weiter, war dem Beamten klar. Er fixierte dieses magere, störrische Kind und fragte sich, wie man an es herankommen könnte. Er dachte an seinen pubertierenden Sohn und an die Auseinandersetzungen mit ihm. Die Ehre. Das war für Jugendliche ein wunder Punkt. Da waren sie verletzbar. Aber zunächst:

„Was hast du denn an der Stelle, wo der Unfall geschah, gemacht?"

„Wir haben gespielt."

„Wir? Wer sind wir?"

„Andere Kinder und ich."

„Was waren das für Kinder?"

Hier eröffnete sich doch die Möglichkeit, diesen Vorfall aufzuklären. Vielleicht waren andere Kinder gesprächiger, wenn man sie befragte.

„Weiß ich nicht."

„Du kanntest die anderen nicht, hast aber mit ihnen gespielt."

„Warum nicht? Tun wir alle."

Ja, warum nicht. Diese Göre war ständig auf der Hut.

„Wie viele waren es denn?"

„Weiß ich nicht mehr. Ein paar."

Der Beamte hatte die Antwort erwartet. Dieses bockige Plag wehrte sich gegen jeden Versuch, die Dinge aufzuklären. Also musste es einen triftigen Grund geben. Sie könnte den Schlag provoziert haben und versuchte nun, sich aus der Affäre herauszuhalten. Sehr geschickt. Aber sie wusste gewiss, dass Schlagen verboten war, egal aus welchem Grund. Schüler wussten das. Wehe, ein Lehrer packte nur mal am Arm an. Selbst wenn der Griff nicht mehr als eine Berührung war. Das löste sogleich eine Lawine aus. Eltern, Schulaufsicht, Anwalt. Vielleicht hatte sie den Schlag nicht nur provoziert, sondern sogar verdient? Das würde ihr Verhalten erklären. Was mochte sie angestellt haben?

„Was habt ihr gespielt? Nachlaufen, Verstecken oder Bälle in die Luft geworfen?"

Die Kleine sah ihn mitleidig an. Allmählich ver-
brauchte sich die Geduld des Polizisten. Doch da
war noch die Ehre, fiel ihm ein.

„Du bist sicher eine ganz schlechte Schülerin,
vermute ich."

So herum vielleicht. Einfach mal provozieren.
Und siehe da, es funktionierte.

„Oh nein. Wie kommen Sie darauf? Ich habe in
allen Fächern gut oder sehr gut!"

„Na ja. Wir haben öfters mit Schülern in deinem
Alter zu tun gehabt. Wegen kaputter Fenster-
scheiben durch Fußbälle, beschmutzte Spielplätze
oder gestohlener Fahrräder. Nur dumme Kinder
schweigen trotzig. Und wir sind irgendwann doch
dahinter gekommen. Wer klug ist, arbeitet mit uns
zusammen und unterstützt unsere Arbeit. Dafür
gab es dann auch eine Belohnung."

Ein Ruck ging durch das Mädchen. Es überlegte. Man sah es förmlich. Allein die zappelnden
Beine sprachen. Sie ist clever, dachte der Beamte, sehr clever. Sie hat die Straßenschläue streu-
nender Hunde, die sich durchschlagen müssen.
Wie alle Kinder aus schlechtem Stall. Um dem
Gesetz der Straße gerecht zu werden, sich unter
seinesgleichen zu behaupten. Einen höheren
Rangplatz zu ergattern. Mit dieser Sorte hatte er
im Beruf genügend Erfahrung gesammelt.

Um den schmalen Mund des Mädchens lag ein
fast verächtlicher Zug. Rotzig trat es auf. Zu erwachsen für ihr Alter. Sie hatte mit Sicherheit viel
Negatives erlebt. Schläge und Strafen aller Art. Er
kannte genügend Familien, in denen Alkohol,
Drogen, Gewalt und vor allem Lieblosigkeit tägli-
ches Brot waren, in denen Kinder zum Selbst-

schutz früh erwachsen wurden. Sie lernten zu schweigen, zu lügen, zu stehlen und selbst zu schlagen, um der Gewalt anderer auszuweichen, um sich zu wehren und unter ihresgleichen ein Jemand zu sein. Das Zuhause und den Umgang dieses Kindes wollte er sich lieber nicht vorstellen.

„Welche?", riss das Mädchen überraschend den Polizisten aus seinen Gedanken.

„Was welche? Ach so!"

Aha! Sie reagierte, war neugierig, auf einmal. Das war ja ein Lichtblick. Er schmunzelte.

„Eine Kinokarte zum Beispiel", bot er großzügig an.

„Kino gibt es genug im Fernsehen", kam es desinteressiert zurück.

Jetzt lachte der Beamte laut auf. Sein sich anbahnender Zorn verflog. Eins zu Null für diese Göre. Vielleicht formulierte sie gleich die Bedingung für ein Geständnis. Er sah sie belustigt an und wartete eine Weile.

„Was würdest du dir denn wünschen?", fragte er dann. „Vielleicht können wir einen Deal landen. Wie siehst du das?"

6

„Wie geht es dem Unfallopfer von Zimmer hundertzwanzig?", fragte Doktor Busch.

„Besser. Sie ist wach. Sie hat etwas gegessen und getrunken."

„Gut! Ich geh mal hin."

Die Schwester sah ihn mit einem zweideutigen Grinsen an:

„Sie kümmern sich ja sehr intensiv um diese Frau. Eine Bekannte?"

„Quatsch. Sie ist verletzt und liegt auf der Wachstation, die ich nun mal betreue", meinte Doktor Busch wegwerfend.

„Na ja. Sie haben immer einen verklärten Gesichtsausdruck, wenn ihr Name fällt…"

„Blödsinn, ich glaube, Sie sehen zu viel Rosamunde Pilcher. Frau Kirsch ist nett. Nett, verstehen Sie. Sonst nichts. Einfach eine von vielen. Und jetzt bitte an die Arbeit. Vielleicht sind Sie nicht ausgelastet und kommen daher nur auf dumme Gedanken."

Er ging und lachte in sich hinein. Er hatte sich verraten. Ja, diese Frau beschäftigte ihn mehr als jeder andere ihm anvertraute Patient. Sie hatte eine Aura von Traurigkeit, die ihn berührte und eine leicht scheue Art, wenn sie sprach. Das ließ sie hilflos erscheinen. Sie konnte ihn so intensiv ansehen, ohne den Blick abzuwenden, offen und forschend. Das alles sprach ihn an und weckte ein merkwürdiges Gefühl in ihm, das er selbst nicht deuten konnte. Er freute sich jedes Mal, wenn er sich ihrem Zimmer näherte. Und seine Sympathie konnte er nicht verbergen. Warum sollte er auch.

Als er kam, hatte sie die Augen geöffnet. Grünlich schimmernde Augen unter geschwungenen Augenbrauen. Geschwungen, wie der Mund, der leicht verzogen war wie zu einem vagen Lächeln.

„Guten Morgen, Frau Kirsch. Es geht bergauf, wie ich sehe", meinte Dr. Busch und sah lächelnd auf sie herab. „Es wird ja auch Zeit."

Sie strahlte ihn an:

„Oh ja. Am liebsten würde ich sofort abhauen, um auf mein Pferd zu steigen. Es geht der Stute gut, wie man mir versichert hat. Ein paar Striemen am Hals. Das war alles. Reiterfreunde meinten, das Pferd sei auf der Flucht durch Büsche gerannt. Wäre doch plausibel."

„So ist es. Die Stute wurde von der Polizei eingefangen. Junge Leute hatten sie gefunden und sind bei ihr geblieben, bis ein Polizeifahrzeug mit Pferdeanhänger vor Ort war. Widerstandslos ließ sie sich verladen. Sie war soweit unverletzt, bis auf diese Kleinigkeit am Hals. Die Beamten hatten im Vorfeld den Heimatstall des Pferdes ausgemacht und es dann dahin transportiert. Soweit so gut. Sie wurden an anderer Stelle gefunden. Bewusstlos, wie Sie wissen. Und erheblich verletzt am Kopf. Aber von Tag zu Tag geht es Ihnen ja besser. Das ist doch erfreulich. Nur mit dem Aufsitzen wird es noch ein Weilchen dauern."

„Aber ich halte mich an dem Wunsch fest. Dieses Ziel vor Augen beflügelt mich. Sonst würde ich es hier kaum aushalten."

Doktor Busch lächelte ihr verstehend zu.

„Das glaube ich gerne. Ein Krankenhaus ist alles andere als ein Ferienort. Aber Ihr Wille bewirkt sicherlich ein Wunder. Ein Ziel zu haben, auf das man hinarbeitet, hin fiebert, ist das beste Medikament, wenn man krank ist. Würden das bloß viele Patienten so sehen. Ich freue mich, dass es Ihnen besser geht. Kommt die Erinnerung langsam zurück? Über die Letzte Strecke Ihres Ritts, bis hin zum Unfall?"

Er nahm sich einen Hocker und setzte sich an ihr Bett. Seine hellen Augen musterten sie aufmerksam. Hochgezogene Brauen verrieten sein Warten auf eine Antwort. Allzu gerne hätte er eine befriedigende Auskunft bekommen.

„Nein. Keine Ahnung", meinte sie bedauernd. „Ich bin am Stall aufgesessen und abgeritten. Das weiß ich genau. Dann reißt der Film. Aber ich werde doch wieder reiten können, auch wenn der Kopf einen Tritt bekommen hat? Reiten ist mein Leben. Mein Pferd ist wie mein Kind."

Der Arzt schwieg einen Moment versonnen.

„Ich verstehe", meinte er dann lächelnd. „Ich weiß, wie das ist. Ich habe auch ein Pferd, einen Wallach, ‚Roberto', und reite für mein Leben gern, sofern der Dienst es zulässt. Er ist mir ein echter Kumpel."

„Wie schön! Dann weiß ich, dass Sie mich verstehen und mir helfen werden, schnell gesund zu werden."

Er lachte lautlos vor sich hin und sah belustigt auf sie herab. Wie einfach, dachte er. Wenn ich das könnte, ich würde ganz bestimmt!

„Haben Sie auch an Turnieren teilgenommen?", fragte er neugierig.

Sie nickte mit leuchtenden Augen:

„Ab und zu."

„Und in welcher Prüfung sind Sie gestartet?"

„In Dressur in A oder L."

„Und?", fragte er neugierig.

„Was heißt: Und? Sie meinen, mit Platzierung?"

„Genau."

„Manchmal. Das kam drauf an."

„Auf was?"

„Wenn die Prüfung mit schwachen Reitern besetzt war, konnten wir, meine Stute und ich, glänzen. Mein Pferd ist willig und gelehrig. Wir sind ein eingespieltes Team. Im Reitsport ist es ähnlich wie in der Politik. Sind sie umgeben von schwachen Konkurrenten, brauchen sie niemanden zu fürchten, stattdessen brilliert man. Der Sockel, auf dem man steht, festigt sich nicht nur durch eigene Leistung, sondern auch durch die Schwäche anderer. Mit dem entscheidenden Unterschied, im Pferdesport hat man keinen Einfluss darauf, wer eine Prüfung in welcher Kategorie gemeldet hat, egal ob Dressur oder Springen. In der Politik werden die Gefolgsleute ausgesucht. Und ich möchte nicht dahinter sehen, nach welchen Gesichtspunkten das geschieht. Konkurrenz ist jedenfalls nicht erwünscht. Haben wir das nicht kennengelernt?"

Busch schluckte hörbar und grinste:

„Oh!"

„Ja, oh! So ist es! In der Politik ist es uns doch vorgemacht worden, oder? Da braucht man nicht weit rückwärts zu blicken."

Jetzt lachte er laut auf und sah sie auf einmal mit anderen Augen. Hinter der reizenden Stirn tat sich ja Erstaunliches. Sie war eine interessante Frau. Ein bisschen rebellisch anscheinend. Schaute über den Tellerrand. Keineswegs von blasser Natur.

„Das Thema werden wir sicher einmal ausbauen", meinte er, immer noch lachend. „Wenn es Ihnen recht ist. Jetzt geht es zunächst nur um Ihre Genesung. Was ich dazu beitragen kann, tue ich. Versprochen. Ihr Wille ist allerdings das Wichtigste."

Er machte eine kleine Pause, um dann überraschender Weise zu sagen:

„Und wenn Sie den entscheidenden Schritt geschafft haben, entlassen sind, könnten wir mal zusammen ausreiten. Was halten Sie davon?"

Woher dieser Wahnsinnsgedanke plötzlich kam, wusste er nicht, nur, dass es ein wunderbarer Einfall war, aus einem gewissen Herzklopfen heraus geboren.

Sie sah ihn ungläubig an. Das hatte er wohl nicht so gemeint, dachte sie, halb erschrocken, halb erfreut.

„Wirklich? Das ist nicht Ihr Ernst."

„Doch! Mein voller Ernst."

Er sah sie forschend an und zauberte mit seinem Blick ein unbeschreiblich nettes Lächeln auf ihr Gesicht. Am liebsten hätte er sie in diesem Moment in den Arm genommen oder wenigstens an der Schulter oder der Hand berührt. Oder noch woanders.

„Ich bin aber kein Husar", sagte sie fast entschuldigend. „Immer vorsichtig. Darauf aus, dass nichts passiert. Männer jagen oft durchs Gelände, nehmen jeden querliegenden Baumstamm als Hindernis. Ich umreite alles, was mir in die Quere kommt."

Der Arzt strich sich eine seiner weißgrauen Haarsträhnen aus der Stirn und schüttelte den Kopf kaum merklich.

„Mache ich genauso. Ich jage nie drauf los. Ich genieße lieber die Natur." Er schwieg eine Weile und meinte dann: „Zuweilen denke ich beim Ausritt an Ihren tragischen Ritt. Obschon Sie angeben, immer vorsichtig gewesen zu sein, wundert es mich, dass es zu diesem Unglück kam. Ihr Pferd sei eine Lebensversicherung, beteuern Sie, und dennoch dieser schwere Unfall. Es muss ein anderer daran beteiligt gewesen sein. Jemand hat Sie bedrängt, oder das Pferd scheu gemacht. Das sieht auch die Polizei so. Sie hat wohl Grund, das anzunehmen. Die Kripo ermittelt schon wegen Körperverletzung. Ein Beamter hat bereits mehrfach angefragt, ob Sie vernehmungsfähig seien. Wir haben gesagt, sie seien es zwar, können sich aber an den Vorfall nicht erinnern. Daher möge er warten. Kommt da nichts zurück bei Ihnen?"

Sie schüttelte bedauernd den Kopf: „Leider nein."

„ Gar nichts? Hat Sie jemand von hinten bedrängt, von der Seite? Ist ein anderer Reiter zu nah gekommen? Sind Ihnen Menschen in die Quere gekommen? Bitte, versuchen Sie, sich zu erinnern."

Er sah, wie sie sich quälte, die Erinnerung zu mobilisieren. Aber so sehr sie sich anstrengte, das Geschehene blieb versunken im Dunkeln.

„Bedaure! Es tut mit leid. Ich hoffe nur sehr, dass die Erinnerung irgendwann zurückkommt. Oder?" In ihrer Frage lag Angst, aber auch Hoffnung, Hoffnung auf eine positive Antwort seinerseits. „Ich will nicht Balla Balla werden. Habe ich wirklich eine Chance, gesund zu werden? Ich meine in jeder Richtung?"

Er nahm ihre Hand in seine. Eine zarte, warme Hand, deren Vibrieren auf seinen Puls übersprang. Für einen Moment fand er kein Wort. Dann lachte er verlegen und sehr verhalten.

„Sie werden nicht Balla Balla. Sie werden gesund. Versprochen! Und zwar ganz sicher. Aber ob die Erinnerung zurückkommt, weiß ich nicht. Das hängt von der Schwere der Verletzung ab. Sie haben seitlich im Hirn eine Blutung. Wir hoffen auf spontane Rückbildung. Punktieren war uns zu riskant. Wir müssen einfach abwarten, bauen aber ganz fest darauf, dass ihre körpereigene Abwehr das Gerinnsel ganz allmählich beseitigt. Ab und zu werden wir kontrollieren und gegebenenfalls anders entscheiden. Das wäre dann ein kleiner Eingriff unter Narkose. Sie müssen ab sofort alles verhindern, was den Druck im Gehirn erhöhen könnte, damit es nicht zum Durchbruch in die Umgebung kommt."

„Alles? Das wäre?"

„Bücken, anheben, pressen, anstrengen…"

„Reiten?", warf sie ein.

„Auf keinen Fall!"

„Was darf ich dann außer sitzen, sitzen und in den Fernseher glotzen?"

Die Unsicherheit ängstigte sie. Die Einschränkungen ebenso. Ihre Augen waren feucht geworden. Damit der Arzt es nicht sehen sollte, drehte sie das Gesicht zur Seite. Trotzdem war es ihm nicht entgangen. Es drängte ihn, sie tröstend in die Arme zu schließen, ihr versichern zu können, dass alles gut wird. Aber er traute sich nicht, allzu persönlich zu werden. Und würde auch alles gut gehen?

„Also, Kopf hoch!" meinte er aufmunternd und erhob sich. „Wir denken an den Ausritt und arbeiten darauf hin. Einverstanden?"

Sie lachte ihn dankbar an. Und dieses Lächeln senkte sich wärmend in sein Inneres.

Was war so unwiderstehlich an ihr? War es die Verbindung zu Pferden? Ihre Augen, der Mund oder ihre Stimme? Nein. Es war ihre Frische, der Lebenswille, dieses Drängen, fort aus der Klinik, raus in die Freie, in den Sattel, in den Wald, in die Natur. Der Sprung zurück ins Leben lag im Blick, in den angespannten Muskeln, in jeder Frage. Sie würde nicht einen Tag, nicht eine Stunde zu halten sein, wenn es vertretbar war. In ihrem Alter! Mit achtundsechzig Jahren. Aber gerade das machte sie so jung, so unwiderstehlich.

Wie matt lag manch anderer in seinem Bett, jünger und weniger krank als diese Frau. Mit erloschenem Blick, schlaffen Muskeln, ergeben in die Krankheit, sich aufgebend. Oh nein, sie hatte sich nicht aufgegeben. Sie kämpfte, sie opponierte. Sie würde gesunden. So jemand musste einfach gesunden.

Eva Kirsch grübelte ebenso. Wieso ließ ein Mensch einen anderen in Gedanken nicht los, hing ihm stattdessen unentwegt bis in die Stunden des Abends nach? Eva sah den Grund in der unendlichen Zeit auf Station. Die Stunden zogen sich vom Morgen bis zum Abend hin, wollten nicht enden, nur unterbrochen durch Fiebermessen und Mahlzeiten, die nicht mal schmeckten. Es gab keinen Höhepunkt in der Einöde. In diesen täglichen Leerraum war er eingezogen und hatte sich festgesetzt.

Vor allem war da seine Visite, seine Anwesenheit. Seine aufmunternde Art. Die Zeit, die er sich nahm, als sei sie die einzige Patientin auf Station. Und seine Ruhe, die eine wohltuende Sicherheit ausstrahlte, in die sie sich fallen lassen konnte. Natürlich auch das ewige Spiel von Adam und Eva, selbst in ihrem desolaten Zustand. Seine sportliche Figur imponierte ihr, seine Stimme klang sanft und doch sehr männlich. Seine Ausstrahlung fühlte sie körperlich, wie einen wärmenden Umhang, in den sie sich liebend gerne eingehüllt hätte wie ein Kind. Alles an ihm gefiel ihr. Mit dem Gedanken an ihn schlief sie an diesen Tagen in der Klinik abends ein und erwachte des Morgens. Auf seine Visite wartete sie fast sehnsüchtig, mit fliegendem Puls. Und ein gemeinsamer Ausritt mit ihm beflügelte ihre Phantasie.

Inständig versuchte sie, nicht an ihn zu denken. Nicht nur, weil er ihr behandelnder Arzt war und sie ihn einige Jahre jünger einschätzte als sich selbst. Sie war durch den Unfall angeschlagen. Also kein Objekt der Begierde für einen attraktiven Mann wie er es war. Es war einfach lächerlich, auch nur den geringsten Gedanken an ihn zu verschwenden. Es war total nutzlos und verrückt. Aber das Verbot funktionierte nicht. Es bewirkte das Gegenteil. Nicht denken zu wollen, war schwerer, als Gedanken freien Lauf zu lassen. Die Mühe, einen Gedanken nicht denken zu wollen, machte ihn erst recht sesshaft.

7

„Also", sagte Florian Fichte gedehnt und fuhr sich durch die Haare, um nicht zu sagen, er raufte sie sich. Er saß frustriert seinen drei Kollegen gegenüber.

„Wir haben ein verletztes Kind, eine verletzte Frau, einen merkwürdigen Anruf von Unbekannt und tausend Abdrücke von Personen und Pferden am Tatort. Wo sollte da ein Zusammenhang sein. Eine Reiterin, ein Kind. Was ist daran ungewöhnlich? Zeitliche und örtliche Nähe allein berechtigen doch nicht dazu, irgendjemanden zu verdächtigen. Oder bringt einer von euch das zusammen?"

Seine Kollegen winkten achselzuckend ab. Sie hingen aber an seinen Lippen, ob nicht doch noch ein erlösendes Wort zu dem Fall folgte. Umsonst.

„Erst dachte ich, das ist nix für uns", fuhr Fichte fort. „Unfälle aller Art sind an der Tagesordnung. Es passiert doch jeden Tag zu gleichen Zeit so viel, ob im Straßenverkehr oder zu Hause, im Garten oder auf Feldwegen, ohne dass die Dinge zusammenhängen, ohne dass wir angefordert werden müssen. Warum also hier? Bloß, weil das Wort 'Abgehauen' fiel. Das ist der Knackpunkt. Deswegen müssen wir der Sache nachgehen, deswegen hat man uns eingeschaltet. Es muss ausgeschlossen werden, ob da eventuell ein Mordanschlag auf die Reiterin vorgelegen hat und es einen Täter gibt. Halte ich für völlig überzogen. Oder eine Körperverletzung mit Inkaufnahme von Todesfolge. Damit sind wir dann doch gefragt. Und das Kind? Vielleicht einfach Zufall, dass es in der Nähe war. Oder? Ein Mensch in der Nähe eines Unfalls hat mit dem Geschehen in seiner unmittelbaren Nähe doch fast nie etwas zu tun."

Er legte wieder eine Pause ein, und da keiner seiner Kollegen etwas sagte, fuhr er fort:

„Was wir bisher wissen: Die Patientin hat keine Erinnerung. Das Kind ist ein bockiges Plag und blockt ab. Wer ist der Unbekannte, der angerufen hat? Wer soll da abgehauen sein? Wer hat dem Kind offensichtlich eine übergebraten? Die Verletzung am Kopf lässt doch keine andere Vermutung zu. Oder? Wenn also, warum? War das Kind überhaupt an dem Tatort oder nur in der Nähe? Gefallen? Blödsinn! Da sind wir uns ja einig. So fällt man nicht. Das steht fest. Das hat auch der Arzt bestätigt. Wenigstens etwas. Es bleiben Fragen über Fragen."

Er schwieg wieder und wischte mit der flachen Hand über seinen Schreibtisch. Dann knurrte er mehr vor sich hin:

„Was das Kind betrifft, wäre also Klärungsbedarf. Das Pferd hat die Reiterin abgeworfen und ist abgehauen. Die Stute soll eine Lebensversicherung sein, hat uns das Personal des Stalls versichert. Was muss also passieren, dass ein so verlässliches Tier seine Besitzerin in den Dreck setzt? Schade, dass Pferde nicht sprechen."

„Ein Karnickel oder ein Hund könnte den Weg gekreuzt haben. Oder ein Vogel ist aufgeflogen", gab einer seiner Kollegen zu bedenken.

Fichte hob zweifelnd die Schultern:

„Grundsätzlich schon. Aber im Reitstall hat man mir versichert, die Stute sei totsicher, gehe immer ins Gelände, kenne sich also dort aus. Es muss anders gewesen sein. Jemand muss das Pferd bedrängt haben. Ich kann mir vorstellen, dass ein anderer Reiter zu nah gekommen ist, oder überraschend aufgekreuzt ist. Wäre das nicht möglich?"

„Ja, vorstellbar. Ein loser Ast könnte auch herabgefallen sein. Das würde selbst ein unerschrockenes Pferd erschrecken."

„Unwahrscheinlich."

Fichte lehnte sich in seinem Stuhl zurück. Er ließ den Kuli in seiner Hand rotieren, als spucke dieser gleich eine Antwort auf alle Fragen aus.

„Warum meldet sich der anonyme Anrufer nicht? Obschon in den Zeitungen der Aufruf erfolgte: ‚Reitunfall im Stadtwald mit verletzter Reiterin. Zeugen gesucht'.

Nix daraufhin! Vielleicht ist der Anrufer der einzige Zeuge. Liest er keine Zeitung? Oder gibt es einen Grund, sich nicht zu melden? Wenn ja, welchen?"

Alle schwiegen und hingen ihren Gedanken nach, bis einer der Polizisten spekulierte:

„Vielleicht ein Besucher von außerhalb, der mit Bekannten einen Spaziergang im Stadtwald gemacht hat und nichts von dem Aufruf weiß."

„Möglich. Dann war er aber vielleicht mit Bekannten oder Freunden unterwegs. Die sind dann doch auch Zeugen und könnten sich melden."

„Und wenn er nur im Museum war, solo, und anschließend frische Luft brauchte, bevor er nach Hause gefahren ist?"

Fichte winkte verneinend ab:

„Du spinnst doch! Nach einem Besuch im Museum, Konzert oder sonst wo geht man essen oder fährt nach Hause. Man läuft doch nicht durch den Stadtwald. Nein! Nichts passt zusammen.

Denk doch mal nach, wie du es handhaben würdest, zum Beispiel nach einem Besuch im Museum oder bei Freunden, oder was du als Zeuge von einem Unfall tun würdest. Den Hörer abwürgen? Abhauen? Untertauchen? Nix davon. Da wette ich drauf. Die Sache ist einfach dubios. Oder wir finden die Strippe einfach nicht, um zum Knoten vorzudringen."

Fichte seufzte ratlos:

„Normal wäre doch, wenn ich einen Unfall beobachtet habe, leiste ich erste Hilfe. Tat er nicht. War ja verschwunden, als die Hilfskräfte ankamen. Normal wäre auch, wenn ich einen Unfall gesehen habe, weg musste, aus welchem Grund auch immer, erkundige ich mich am Tag danach oder meinetwegen später, wie es dem Verletzten geht und entschuldige mich für mein Fortgehen. Oder? Auch nicht. Das stinkt doch zum Himmel. Wer ist der mysteriöse Anrufer? Warum hat er nicht gewartet, nicht geholfen, bleibt vom Erdboden verschluckt? Hat er Dreck am Stecken? War er etwa der Verursacher des Unfalls?"

„Wäre gut möglich. Oder ein Typ, der gesucht wird. Das scheint mir sogar noch wahrscheinlicher. Hat trotzdem den Anstand, uns zu informieren. Logisch, wenn er dann verduftet, um sich in Sicherheit zu bringen. Passt, oder?"

Alle ließen in Gedanken die verschiedenen Möglichkeiten durchlaufen wie einen Film.

„Ja. Den Überlegungen kann ich etwas abgewinnen. Könnte so sein", ließ Fichte sich vernehmen. „Der Anrufer hat Dreck am Stecken. Und wir fischen weiterhin im Dunkeln. Wir spekulieren. Wir haben Null, was Hand und Fuß hat."

Auf Luftblasen war nicht aufzubauen, wusste er. Fakten mussten her, Tatsachen oder Zeugenaussagen. Alles blieb bisher geheimnisvoll, undurchsichtig. Dadurch reizte es Fichte zunehmend, rauszukriegen, was da tatsächlich passiert war. Der Spürhund in ihm nahm die Witterung auf und würde nicht darin nachlassen, die passende Spur zu suchen, um ihr zu folgen.

„Wir werden wie folgt vorgehen", erläuterte er abschließend. „Wir bleiben dem behandelnden Arzt in der Klinik auf den Fersen, um möglichst bald die verletzte Frau befragen zu können. Die Erinnerung könnte doch zurückkommen. Ihre Aussage ist entscheidend. Deine Aufgabe, Meschede."

„Okay, Chef!"

„Das Kind nehmen wir uns natürlich vor. Eine Kinderpsychologin entlockt ihr ganz sicher eine verwertbare Aussage. Ich denke an Frau Michaelis. Sie arbeitet seit Jahren mit dem Familiengericht zusammen. Ihre Ruhe und ihr Einfühlungsvermögen sind bewundernswert. Ich eigne mich nicht dafür, möchte aber unbedingt als stiller Zuhörer anwesend sein. Mir fehlt leider die Geduld für bockige Kinder. Meschede, du kümmerst dich um einen Termin mit der Psychologin und dem Kind und gibst mir dann Bescheid?"

„Klar! Mach ich."

„Der Anruf vom Handy kann wahrscheinlich verfolgt werden. Daran arbeiten die Spezialisten. So haben wir die Chance, an den Besitzer des Geräts heranzukommen. Ob er auch der Anrufer ist, wird sich herausstellen. Diese Spur scheint mir ganz besonders wichtig. Dieser Anrufer hat das Geschehen ja beobachtet. Ob er die Ursache des Unfalls mitgekriegt hat, ist ungewiss, aber das Ergebnis des Zwischenfalls hat er auf jeden Fall gesehen. Wie schon vorhin bemerkt, könnte er sogar selbst der Verursacher sein. Dieser Spur geh ich persönlich nach."

Die Kollegen spürten Fichtes Drang, eine Erklärung für alles zu finden. Selbst wenn es seiner Kompetenz letztlich nicht zufallen sollte, er würde dranbleiben, weil er immer hungrig darauf war, rätselhafte Ungereimtheiten zu entschlüsseln.

„Dann sind da die Spuren", fuhr er fort. „Ich bezweifle, dass sie uns helfen. Es sind zu viele Abdrücke, dazu verwischt vom Regen und zertrampelt von Pferden oder Personen. Egal! Wir können nichts unversucht lassen. Deine Aufgabe, Timo."

„Mach ich." Timo Haas machte eine kleine Pause, bis er verriet: „Sie wissen, dass wir einen Ast ins Labor geschickt haben?"

„Einen Ast? Nein, weiß ich nicht. Warum? Was erwartet ihr außer Vogelschiss darauf?"

„Wir hatten den Eindruck, dass möglicherweise Blutspuren daran kleben könnten. Na ja, man kann sich natürlich irren."

8

Timo verstand nicht viel von Pferden, aber er war ein exzellenter Spurenleser.   Er hat Indianerblut in den Adern, könnte bei Winnetou in die Schule gegangen sein, belächelte man seine Fähigkeit oft.

Um seine Aufgabe zu lösen, suchte er zunächst den Reitstall auf, um den Reitlehrer zu interviewen. Es ergab sich ein informatives Gespräch, das Timo neugierig aufsog.

„Das ist also das Pferd von Eva Kirsch?", fragte er neugierig.

Der Reitlehrer nickte zustimmend. Timo sah sich großen, aufmerksamen Augen gegenüber, deren Blicke ruhig hin und her wanderten zwischen den beiden Männern.

„Fast könnte man meinen, das Pferd unterscheidet zwischen seinen Leuten und Fremden. Wenn es zu mir sieht, gehen die Ohren spitz nach vorne. Ist das Ablehnung oder Vorsicht?"

„Gut beobachtet. Ja, ein Pferd erkennt sofort, wer zu ihm gehört und ist Fremden gegenüber vorsichtig, aber auch neugierig. Die Tiere unterscheiden sogar am Motorengeräusch der Autos, ob einer von ihren Leuten angefahren ist."

„ Unglaublich! Ich dachte, Pferde seien dumm."

„Keineswegs. Sie haben eine vorzügliche Merkfähigkeit und können sehr wählerisch sein, was Fressen, Zeiten der Fütterung und der Arbeit anbetrifft. Jedes Pferd ist eine Persönlichkeit. Das muss man wissen, wenn man ein Pferd hält. Sonst kann man nicht Freund mit ihm werden. Diese

Stute bildete mit der Besitzerin ein perfektes Team."

„Aha! Und das Tier ist absolut zuverlässig, sagen Sie?"

„Absolut. Wir sind erstaunt, dass es neulich offenbar völlig ausgeflippt ist und können uns den Vorfall im Stadtwald nicht erklären. Die Reiterin geht seit Jahren fast täglich mit der Stute ins Gelände."

„Was ist, wenn ein Vorbeikommender einen Stein wirft?"

„Daran haben wir auch gedacht. Wir können das natürlich nicht völlig ausschließen. Genau aus diesem Grund haben wir den ganzen Körper per Hand abgetastet, ob wir irgendwo eine Beule oder eine Wunde fühlen können. Oder ob wir vielleicht Blut am Finger haben, verursacht durch den Stich eines Messers zum Beispiel."

„Ein Messer? Ist das nicht der Fantasie zu viel?"

„In der heutigen Zeit? Nein! Aus Zeitvertreib, Neid oder generellen Hass auf Tiere wirft ein Irrer mal eben mit einem Messer um sich. Glück, wenn er nicht gezielt zusticht."

„Das kann ich mir nicht vorstellen."

„Es kommt vor, glauben Sie mir. Es gibt leider viele Verrückte, psychisch Kranke. Ein Messer in der Tasche zu haben, ist doch in Mode gekommen. Aber das Abtasten hat nichts Verdächtiges gebracht. Nach vorheriger Rundumbesichtigung hatten wir schon nichts dergleichen entdeckt. Aber eine Hand fühlt oft besser, als das Auge sieht. Auch ein Insektenstich wäre nicht ausgeschlossen. Darauf reagieren viele Pferde fast hysterisch, bäumen sich auf oder hauen einfach ab."

„Und?"

„Nichts. Ein Insektenstich hinterlässt eine deutlich tastbare Schwellung.   Aber da war auch nichts. Irgendetwas muss allerdings gewesen sein. Da sind wir ganz sicher. Am Hals des Tieres fanden sich mehrere, oberflächliche Striemen. Sie könnten von Schlägen mit der Gerte herrühren. Frau Kirsch hat zwar immer eine Gerte parat, aber sie setzt sie nie ein, soweit mir bekannt."

Die Männer standen ratlos vor der Stute, als erwarteten sie von ihr Aufklärung. Aber das Pferd schwieg. Der Reitlehrer strich ihr über den Nasenrücken:

„Warum sagst du uns nichts?"

„Ich kann mir den Unfall nicht vorstellen. Ich hab noch nie auf einem Pferd gesessen", meinte Timo. „Wenn ein Tier abhaut, muss der Reiter doch nicht unbedingt runterfallen."

„Muss er nicht, wenn er gut sitzen kann, wenn er also ein erfahrener Reiter ist. Bei diesem Unfall ist das Pferd offensichtlich nicht sofort abgehauen, sondern zuerst gestiegen und hat dann das Weite gesucht. Augenscheinlich ist alles sehr schnell geschehen und das Tier ist überraschend so hoch, dass die Reiterin nicht reagieren konnte und die Balance verloren hat."

„Wie soll man denn auf ein steigendes Pferd reagieren können."

Timo zog die Brauen hoch. Die Vorstellung, auf einem steigenden Pferd zu sitzen, jagte ihm schon genug Angst ein, ohne im Sattel zu hocken. Der Reitlehrer sah Timos Gedanken, die sich in seinen

Augen wiederspiegelten und schmunzelte ein wenig:

„Sobald das Pferd ansetzt zum Steigen, muss
sich der Reiter nach vorne auf den Hals des Tieres beugen und den Hals umfassen. Damit hat er
Halt und kann nicht rückwärts in den Dreck fallen.
Es sei denn, ein Pferd steigt senkrecht."

„Und die Zügel?"

„Bleiben in der Hand. Und zwar immer! Erst
wenn das Tier sich wieder abwärts senkt, gibt der
Reiter den Pferdehals frei und nimmt seine frühere
Position ein."

„Wie kommen Sie darauf, dass sich der Unfall
so abgespielt haben könnte?"

„Ich war am Unfallort, als die Spurensucher
noch vor Ort waren. Ich durfte zwar nicht zu nahe
kommen, aber die Informationen über eine gewisse Entfernung hin waren sehr interessant. Für
beide Seiten. Daher weiß ich, dass das Pferd gestiegen sein muss."

Timo hing an den Lippen des Reitlehrers.

„Wenn ein Pferd den Reiter abwirft", führte dieser weiter aus, es gefiel ihm, dass jemand mit
Interesse zuhörte, „so geschieht es meistens fol-
gendermaßen: Entweder das Pferd stockt überraschend. Dabei stürzt der Reiter vornüber. Zum
Beispiel wenn das Tier den Sprung über ein Hindernis verweigert. Dabei kann es beim Sturz nach
vorne zum Genickbruch des Reiters kommen.
Oder das Pferd erschreckt sich und steigt, heißt
für den Laien, er hebt sich auf die Hinterbeine.
Dann verliert ein schwacher oder überraschter
Reiter den Halt, wie ich eben gesagt habe. Er fällt
rückwärts in den Dreck. Möglich ist auch, ein

Pferd geht vor Schreck durch, gerät in Panik und fällt in ein nicht mehr zu regulierendes Tempo, buckelt eventuell dazu und--- auch ohne Fantasie kann man sich alles Weitere ja denken! Ich nehme fest an, dass der Unfall, um den es hier geht, sich auf dieser besagten Stelle angespielt hat, dass alles überraschend schnell ging, das Pferd gestiegen ist, die Reiterin förmlich überrumpelt wurde und den Halt verloren hat."

„Sie sind sich so sicher, ohne dabei gewesen zu sein?"

„Ja. Abgesehen davon, dass das Pferd absolut geländesicher ist und die Reiterin erfahren. Das Getrampel vor Ort, an einer bestimmten Stelle, von Hufen ohne Eisen, ist für mich der Beweis. Ich kann mir nichts anderes vorstellen."

Timo ließ das Gespräch mit dem Reitlehrer auf sich wirken und ging erneut zu dem Tatort zurück, der noch immer gesperrt war um Spuren zu sichern.

Die Hufspuren interessierten ihn am meisten. Sie gehörten zur Sprache des Pferdes, hatte der Reitlehrer gesagt. An einer Stelle waren massenweise Abdrücke, von Hufen ohne Eisen. Das erkannte selbst Timo. Hinterhufe ohne Eisen wäre normal, hatte er sich sagen lassen, der Verletzungen wegen, die entstehen könnten, wenn ein Tier auskeilt und ein anderes Pferd oder eine Person trifft. Leuchtete ein. Massenhaft Abdrücke von Schuhen. Timo sichtete Hufabdrücke zum Teil sogar auf einer umschriebenen Stelle. Das sprach dafür, dass sich genau auf diesem Fleck alles abgespielt haben könnte. Wie vom Reitlehrer vermutet. Das Pferd war wahrscheinlich gestiegen, hatte vielleicht auf den Hinterhufen getanzt oder getrampelt und dabei die Reiterin rückwärts abgeworfen. Ein querliegender, dicker Baumstamm ragte genau an dieser Wegstrecke bis fast in die Mitte des Reitwegs. Darauf war die Reiterin vermutlich aufgeschlagen und hatte sich die schwere Kopfverletzung zugezogen, da sie, wie man ihm gesagt hatte, immer ohne Reitkappe unterwegs gewesen war. Welcher Leichtsinn einer erfahrenen Reiterfrau, dachte Timo. Sie hatte sich hundertprozentig auf ihr Pferd verlassen, ohne irgendeine andere Gefahrenquelle einzukalkulieren. Und genau das war ihr zum Verhängnis geworden.

Wenig später stand Timo Fichte gegenüber:

„Ich lese eine vierundvierzig daraus. Würde also von einem Mann stammen", sagte er und legte Fichte den Abdruck eines Schuhs vor.

Fichte betrachtete stirnrunzelt den Abdruck der Schuhsohle.

„Könnte auch eine vierzig sein, oder? Dann käme auch eine Frau in Frage."

„Ich habe die Sohle unterm Mikroskop studiert. Es ist eindeutig eine vierundvierzig."

„Aha! Warum versteifst du dich ausgerechnet auf den Abdruck dieser Sohle? Da laufen so viele Personen herum. Willst du alle zuzuordnen versuchen? Bei dem zertrampelten Boden? Na gut! Dann mach mal!"

„Ich will es versuchen. Dieser Abdruck fiel mir ins Auge. Er ist sehr häufig zu sehen. Außerdem stößt er entgegen allen anderen Schuhabdrücken, die parallel zu Reitweg laufen, von diesem aus gesehen senkrecht auf diesen zu und von ihm weg. Also zwischen Fußweg und Reitweg hin und her. Da ist jemand gegangen oder gelaufen zum besagten Ort hin und von dort wieder zurück. Wenn ich jetzt mal spekulieren darf, dann könnte doch..."

„Timo, wir können nicht spekulieren, wir brauchen Tatsachen, Aussagen, Zeugen."

Timo kratzte sich am Hinterkopf. Er wollte sich nicht so leicht von seiner Idee abbringen lassen.

„Trotzdem denke ich, ein Mann ist auf den Reitweg gesprungen, hat das Pferd erschreckt, vielleicht mehrfach, jedenfalls den Spuren nach, die Frau ist gestürzt, der Mann hat noch den Notruf betätigt und ist dann abgehauen. Könnte doch sein."

„Er könnte auch hingelaufen sein, um das aufgebrachte Pferd zu beruhigen, oder?"

„Niemals! Ein scheues Pferd kann vielleicht von einem Pferdefachmann oder einem Reiter beruhigt werden. Nicht von einem zufällig vorbeikommenden Spaziergänger. Würdest du hin springen?"

„Ich? Nee! Nie!", lachte Fichte abwehrend.

„Siehst du! Ich auch nicht. Es gibt eine zweite Möglichkeit!"

Fichte sah ihn mit unergründlichem Blick an. Vielleicht hielt der Kommissar ihn für verrückt. Doch Timo fand sich ganz einfach genial.

„Timo, Weiteres will ich jetzt nicht hören! Wenn wir uns auf eine Vermutung festlegen, führt das eventuell in falsche Richtung. Ein Patient sollte auch nicht mit einer selbstgefundenen Diagnose den Arzt konsultieren, sondern ihn an Hand der Anamnese und des Befunds die Diagnose stellen lassen. Sonst behandelt der Doktor zum Beispiel den Magen, dabei hat das Herz Alarm geschlagen. Nur Fakten zählen, bei uns, wie beim Arzt. Wobei ich dir darin zustimmen muss, deine Gedanken sind nicht uninteressant. Könnte so oder so abgelaufen sein. Wenn wir aber allen Eventualitäten nachgehen, kommen wir nie zum Ziel. Dabei, wie sagen wir immer so schön…"

„…wir müssen in alle Richtungen ermitteln."

„So ist es. Und so machen wir es. Doch wo stecken wir das Kind hin? Es scheint ja irgendwie darin verwickelt zu sein. Oder irre ich? Wieso diese Kopfwunde? Woher und warum? Ist das vielleicht ein völlig anderer Fall? Sind wir auf dem Holzweg? Dieses kleine Miststück ist so wichtig, vielleicht sogar der Schlüssel zu allem und macht die Zähne nicht auseinander. Selbst, wenn sie woanders gewesen sein sollte und sich überhaupt nicht an dem Tatort befunden haben sollte, diente das doch schon mal der Aufklärung, wenn sie das kleine Maul aufmachen würde, um für uns was Verwertbares auszuspucken.

Möglicherweise haben wir also parallel zwei verschiedene Dinge zu klären. Und danach müssen wir ausschließen oder beweisen, dass es einen Zusammenhang gibt. Aber nein! Ich könnte…"

Er schnaufte wütend und schlug mit der Hand in die Luft.

9

Fichtes Kollege, Vertrauter und mehr noch, sein Freund, war Meschede. Nun stand dieser mit bekümmerter Miene und hängenden Schultern vor Fichte:

„Ich habe immer wieder Hemmungen, wenn ich ein Handy aufspüren muss und es entschlüsseln soll. Man dringt in Privatbereich ein. Wie ein Dieb. So viele intime Bilder und Nachrichten…der verstohlene Blick in ein fremdes Leben, wo man nicht hingehört. Als würdest du per Fernglas ein Schlafzimmer ausspähen", meinte er.

„In dem es gerade zwei miteinander treiben, wenn ich jetzt mit dieser Möglichkeit des Entdeckens auch stark übertreibe. Über Handy gibt es dieses spezielle Bild doch nicht", lachte Fichte.

„Amüsier dich nur!", meinte Meschede und ärgerte sich, dass er selbst errötete, während Fichte cool blieb.

„Du alter Knabe!" Fichte war erstaunt: „So wenig abgehärtet. Zunächst einmal orten wir nur das Gerät. Den Inhalt entschlüsseln die Spezialisten, wenn es der Aufklärung von Straftaten dient und man sonst nicht weiterkommt."

„Weiß ich ja."

„Was uns betrifft, so müssen wir doch so vorgehen. In unserem momentanen Fall geht es vielleicht sogar um Tötungsabsicht. Davon müssen wir jedenfalls zunächst ausgehen. Wer dahinter steckt, wissen wir bislang nicht. Also müssen wir es herausfinden. Weil da draußen doch dieser Jemand weiter frei herumläuft und das Spielchen morgen vielleicht erneut versucht. Das wollen, nein, das müssen wir zu verhindern suchen. Dafür sind wir da. Wer denn sonst?"

„Klar!"

„Das ganze Vorgehen fällt unter gefahrenabwehrend. Wir tragen die Fakten zusammen, um einen Fall zu lösen. Hausdurchsuchungen, Orten von Handys und Durchstöbern der Nachrichten darin. Eventuell auch Festnahmen. Wir sind die Spürhunde, die den Gerichten die Beute in die Krallen treiben. Ist unser Beruf. Das weißt du doch!"

Meschede wand sich verlegen:

„Mann, Chef, natürlich weiß ich das alles. Trotzdem kann ich meine Gefühle und Gedanken nicht wie einen Mantel am Hacken der Garderobe abgeben. Jedenfalls nicht immer. Kannst du das?"

„Manchmal schon. Ich bemühe mich. Mir hängt auch manches nach."

„Das tröstet mich."

„Ist ja in Ordnung, Meschede. Wir haben einen harten Job. Wenn wir ihn auch freiwillig gewählt haben, so bleiben wir trotzdem Menschen. Deswegen fühlen wir auch wie Menschen. Gott sei Dank! Wir dürfen bei Gefahr Angst haben. Weißt du, wie viele sich schon bei dieser Arbeit in die Hose gepinkelt haben? Oder deren Darm verrückt gespielt hat? Nein? Viele! Manche von uns sind in psychologischer Betreuung, weil sie beim Einsatz Dinge gesehen haben, die sie nicht verkraften. Manche fehlen für Monate, weil sie traumatisiert sind. Und als Mensch dürfen wir Mitleid zeigen und Hemmungen haben, wenn wir jemandem auf die Pelle rücken, jemanden seelisch entkleiden. Das kommt vor."

„Genau das meine ich."

„Ich weiß. Trotzdem dürfen wir ohne Scham unseren Job machen, denn wir entdecken oft Schlimmes, was betraft gehört oder wir verhindern Böses. Mit der Zeit werden wir zwar cooler, souveräner, aber nicht gefühlsarm. So wie du. Wäre doch schlimm, wenn es anders wäre."

In den folgenden schweigsamen Minuten waren beide versunken in Gedanken. In die Aufgaben, die auf sie warteten und den Umgang damit. Sie seufzen, sahen auf und mussten beide lachen.

„Zurück zum Handy", meinte Fichte. „Wenn der Anrufer ein normaler Mensch ist, wie du und ich, nimmt er dann nach einem Anruf den Akku oder die Karte aus dem Handy, um unerkannt zu bleiben? Hat man das nötig?"

„Natürlich nicht. Ich käme gar nicht auf die Idee. Wenn einer das tut, doch nur, wenn er..."

„Wenn er...Eben! Wenn er Dreck am Stecken hat. Aber so einen verrückten Zufall gibt es nicht, dass ausgerechnet ein Schwerverbrecher an einem Unfall vorbeikommt. Davon gehen wir also nicht aus. Das Häufige ist häufig, das Seltene ist selten. Wir haben wahrscheinlich einen unbescholtenen, scheißnormalen Bürger im Visier. Wenn so jemand durch Zufall eine Person in Gefahr sieht, entfällt es doch wohl, den Akku zu entfernen.... Oder siehst du das anders?"

„Nein!"

„Eben! Genau das ist unsere Chance", nickte Fichte und strahlte seinen Kollegen verschmitzt an: „Anhand der GPS Ortung über Satellit oder Mobilfunkzellen werden wir das Handy orten. Ob wir damit den Anrufer geschnappt haben, ist die Frage."

„Könnte ein Sohn, ein Bruder oder sonst wer sein."

„So ist es. Das wird sich herausstellen. Wir haben dann aber einen Ansatzpunkt."

Fichte war absolut zuversichtlich. Handys hatte er schon oft problemlos geortet, sofern es um unbescholtene Privatpersonen ging. In kriminellen Kreisen war das schwieriger. Verbrecher wussten, durch Tricks das Handy vor einer Ortung verschwinden zu lassen. Aber selbst in solch einem Fall war Erfolg nicht ausgeschlossen.

Schon wenig später kam die erlösende Nachricht: Das Handy war ausfindig gemacht worden. Es gehörte einem Mann namens Wolfgang Baum in Köln, Aachener Straße 1006 b-d.

Die Meldung löste in Fichte Euphorie aus. Seine Augen funkelten und er hämmerte befreiend auf dem Schreibtisch herum. Dazu stieß er kleine Freudenschreie aus und lachte erleichtert. Er kam weiter.

Selbst als er zuhause ankam, konnte er seine Freude nicht verbergen.

„Was ist denn in dich gefahren. Du strahlst, als habest du im Lotto gewonnen", empfing ihn seine Frau.

„So ähnlich", mein Liebling.

Er umarmte sie stürmisch und küsste sie wieder und wieder rechts und links und auf die Stirn, so dass sie ihn lachend abwehrte. Zwinkernd vor Freude meinte er dann:

„Erfolg bei einer Fahndung ist einem Lottogewinn gleichzusetzen."

10

Fichte und sein Kollege mussten nicht lange suchen, weder einen Parkplatz für den PKW, noch die Eingangstür zu Baums Wohnung. Kollegen hatten die Gegend, in der Baum wohnte, beschrieben. Sie hatten Baum vor wenigen Tagen aufgesucht, ihn zu dem Unfall mit dem Pferd befragt, aber ohne befriedigendes Ergebnis.

Fichte ließ sich dadurch nicht verunsichern. Im Gegenteil. Eine gewisse Spannung beflügelte seinen Schritt. Er fand, es ging weiter. Und er brannte geradezu darauf, diesen Fall zu lösen und allen das Ergebnis seiner Bemühungen zu präsentieren. Es hatte lange genug gedauert.

Baum öffnete die Tür. Fichte hatte sich telefonisch angesagt, in der Hoffnung, dass der Vogel auf Grund der Ankündigung nicht ausflog, wie das leider oft genug vorkam. Nein, er war da. Ein schlanker, drahtiger Mittfünfziger mit angegrauten Schläfen, einer prägnanten Nase und einem energischen Kinn. Nach einigen Höflichkeitsfloskeln über den zunehmenden Straßenverkehr und die derzeitige Wetterlage kam Fichte auf den Punkt.

„Wie angekündigt, es geht nochmal um den Unfall, den Sie netterweise gemeldet hatten."

Nachdem Fichte und sein Kollege Baum ins Innere der Wohnung gefolgt waren und die angebotenen Plätze eingenommen hatten, meinte Baum:

„Das war selbstverständlich. Ansonsten will ich mit der Sache nichts zu tun haben! Das habe ich Ihren Kollegen schon gesagt."

Aha! Ein entschlossener Satz aus einem entschlossenen Mund. Es lag auf der Hand, er hatte sich auf das Gespräch vorbereitet. Fichte war weder überrascht, noch verärgert. Wer wollte schon mit dem Dreck zu tun haben, in dem er steckte. Niemand. Mea culpa gab es nur in der Kirche. Er fragte sich allerdings, ob dieses Eingeständnis, egal wo es gemacht wurde und wer es von sich gab, überhaupt ehrlich gemeint war oder nur daher geplappert wurde.

Baums Worte belächelte Fichte. Jegliche Schuld an dem Unfall klipp und klar zu leugnen, sprach keineswegs gegen seine Schuld oder Mitschuld, eher dafür. Fichte behielt seine Gedanken jedoch für sich. Er wusste nur zu gut, wie sicher man sich auch eines Hergangs sein konnte und sich dennoch irrte. Oft war schon dem Falschen etwas unterstellt worden, was ein anderer verbockt hatte. Meist lenkten diese falsch beschuldigten Menschen bewusst oder unbewusst den Verdacht auf sich, durch ihr Auftreten, widersprüchliche Angaben oder einfach durch ihr Aussehen. So etwas geschah oft auch aus purer Wichtigtuerei, um Aufmerksamkeit zu erwecken, weil niemand denjenigen sonst im Leben Beachtung schenkte.

Fichtes lange berufliche Laufbahn bremste ihn auch jetzt aus, obschon es seinem Naturell entsprach, schnell zu urteilen und zu handeln. Sein Blut floss eben zügiger als bei anderen. Obschon er immer den Fuß auf der Bremse hatte. Wenn auch locker.

„Ich weiß, was das Gespräch mit meinen Kollegen betrifft. Nichts mit der Sache zu tun haben, geht jetzt nicht mehr", meinte Fichte gedehnt freundlich. „Sie stecken mitten drin! Als Zeuge einer ungeklärten Tat sind Sie für uns sehr wichtig. Das leuchtet Ihnen doch ein."

Baum nickte kaum merklich, wenn sein Gesichtsausdruck auch ablehnend war.

Fichte klang ruhig und sachlich:

„Sie haben den Unfall gemeldet, uns informiert. So konnten wir mit Rettungskräften anrücken und helfen. Dafür sind wir sehr dankbar. Was ich allerdings gar nicht verstehe, warum haben Sie nicht gewartet, bis die Rettungskräfte vor Ort waren? Warum haben Sie bei dem Anruf mit der Meldung von dem Unfall keine Frage unserseits abgewartet, sondern das Gespräch sofort abgewürgt? Wir hatten auch nicht den Eindruck, dass Sie erste Hilfe geleistet haben. Oder hatten sie es wenigstens versucht?"

Baum wollte antworten, aber Fichte kam ihm zuvor:

„Sie sehen, ich habe viele Fragen und hätte gerne auf jede einzelne eine Antwort. Sonst machen Sie sich mit Ihrem Verhalten verdächtig. Waren Sie etwa der Verursacher?"

Baum wehrte heftig ab:

„Nein! Um Himmels Willen! Was unterstellen Sie mir!"

„Nichts!", sagte Fichte freundlich. „Ich unterstelle nichts, ich frage. Ich möchte Ihren Worten glauben, nämlich, dass Sie nicht der Verursacher des Unfalls sind, wie Sie beteuern. Ich nehme Ihnen die Beteuerung ab. Darin sehe ich die beste Chance mit uns zusammenzuarbeiten. Ist es nicht so?"

„Grundsächlich schon. Mein Verhalten am Unfallort war nicht korrekt. Gebe ich zu. Ich befand mich in einer Ausnahmesituation. So etwas erlebt man nicht jeden Tag. Wenn Sie trotzdem Fragen haben, so beantworte ich die gerne. Fragen Sie nur!"

Na endlich, fuhr es Fichte durch den Kopf.

„Wer ist abgehauen? Das sagten Sie ja im ersten Telefonat."

„Ich weiß nicht, wovon Sie reden. Niemand!"

So eine Frechheit, ging es Fichte durch den Kopf. Sich nicht erinnern zu können, wenn es brenzlig wurde.

War Fichte auch zunächst erfreut gewesen über das Angebot zu kooperieren, wenn es denn überhaupt ernst gewesen sein sollte, so war er nun ernüchtert. Baum wurde zusehends unruhig und sein Gesicht überzog sich mit roten Flecken. Aber gut. Fichte konnte keine zufriedenstellende Antwort aus dem Mann heraus prügeln.

„Aber von Abhauen hatte Sie doch in dem besagten Telefonat gesprochen."

„Daran erinnere ich mich nicht."

Er log.

„Aha! Kinder waren aber vor Ort, sagten Sie. Daran erinnern Sie sich?", bohrte Fichte mit spöttischem Unterton. „Wie viele?"

„Das weiß ich wirklich nicht."

„Jungen oder Mädchen? Welches Alter ungefähr?"

„Erwarten Sie jetzt tatsächlich eine korrekte Antwort? Ich gehe nicht zählend durch die Gegend."

Fichte lachte genervt auf:

„Nein, das habe ich auch nicht erwartet. Aber es war vielleicht eine überschaubare Anzahl von Kindern, und Sie haben eventuell gesehen, was die Kinder dort gemacht haben. Haben sie gespielt? Wenn ja, mit was? Irgendwas müssen Sie ja registriert haben. So etwas erfasst man automatisch."

„Automatisch! Konnte ich denn ahnen, dass ich nach solchen Einzelheiten befragt würde? Sie fragen und fragen. Noch mehr Fragen gehen wohl nicht!"

Das war bissig. Baum zog sich innerlich zurück. Das hatte Fichte natürlich nicht bezweckt. Nur Baums Worte, nicht sein Schweigen würde etwas Licht in den Fall bringen. Daher bemühte Fichte sich um einen freundlichen Ton:

„Pardon! Ich wollte Sie keineswegs überfordern. Aber drängen muss ich, weil ich Antworten brauche, um den Unfall aufzuklären. Wir gehen in Ruhe die Einzelheiten durch. Einverstanden? Ihr zustimmendes Nicken freut mich. Also zu den Kindern. Bitte erinnern Sie sich, was Sie damals wahrgenommen haben."

Was konnte denn daran so schwierig sein, Eindrücke zu registrieren und wiederzugeben. Jedes Gehirn war fähig, Gesehenes zu registrieren, zu speichern und später abzurufen. Baum war ja keine Ausnahme. Der Mann ging Fichte allmählich gründlich aufs Gemüt. Tief im Inneren verhärtete sich der Verdacht, keinen Unschuldigen vor sich zu haben. Vor allem nach der merkwürdigen Erinnerungslücke, was das Abhauen betraf.

Anstatt zu der Aufklärung beizutragen, verdrehte Baum zunächst nur die Augen in gespielter Verzweiflung. Endlich äußerst er sich nach einer Weile:

„Wie viele? Keine Ahnung. Mehrere auf jeden Fall. Wer zählt in dem Moment denn schon irgendwelche Leute! Alter! Mein Gott, Kinder eben."

„Und was haben die Jugendlichen dort so getrieben? Soll ich aufzählen? Sind sie herumgerannt, haben Verstecken gespielt oder geschrien, sich gerauft. Hatten sie Fahrrädern dabei? Etwas haben ja sicher registriert."

Baum schien nachzudenken. Fichte hatte den Eindruck, dass er sich im Moment wirklich bemühte, seine Erinnerung zu beleben.

„Was weiß ich. Gespielt wahrscheinlich. Was Kinder eben so machen. Ich habe ja erst hingesehen, als die Frau aufschrie und ich das aufbäumende Pferd sah."

„Aha! Waren es denn nun Mädchen oder Jungen?"

„Weiß ich wirklich nicht. Als Spaziergänger achtet man doch auf die Natur und ist in Gedanken. Da laufen Hasen über den Weg. Vögel zwitschern. Darum geht man doch durch die Natur spazieren. Alles andere ist Nebensache. Dieses Ereignis kam völlig überraschend."

„Immerhin haben Sie die Frau stürzen sehen. Da erfasst man für gewöhnlich die Umstände drum herum zwangsläufig. Zum Beispiel ob weitere Leute sich dort aufhalten, andere Pferde in der Nähe sind oder etwa Kinder vor Ort sind."

Hatte Baums Gesichtsfarbe soeben gewechselt? Zuckten seine Hände noch nervöser als vor ein paar Minuten? Sie strichen ununterbrochen über die einwandfrei sitzenden Hosenbeine. Fichte hatte ein wachsames Auge und erkannte wie ein Lügendetektor, wenn er getroffen hatte. Und er hatte. Von den Kindern war offenbar Unruhe ausgegangen. Das bot immerhin einen Anhaltspunkt. Daran hatte er anzuknüpfen. Ob dieses verletzte Kind unter ihnen gewesen war?

„Sagen Sie doch einfach, was Sie gesehen haben. Was Ihnen einfällt. Jedes Detail kann für mich von Bedeutung sein, auch wenn es Ihnen lächerlich erscheint."

Baum fasste sich an den Oberbauch und presste zwischen schmalen Lippen plötzlich hervor:

„Mir ist nicht ganz gut. Vom Magen her. Schon seit Tagen. Können wir das Gespräch beenden? Für heute wenigstens? Bitte!"

Der Magen? Oder um jeden Preis sich drücken? Letzteres wohl eher. Man drückte sich aber nicht ohne Grund. Nur welchen mochte er haben? Wurden die Fragen zu konkret, bekam er Angst, sich zu verraten? Aber vor was oder vor wem fürchtete er sich? Er war leicht grünlich im Gesicht angelaufen. War er etwa doch der Verursacher des Unfalls? Möglich. Jedenfalls nicht ausgeschlossen. Oder wirklich der Magen? Baum wollte Zeit gewinnen, in sich gehen, was er sagen sollte, wie weit er sich vorwagen konnte.

Scheiße, dachte Fichte. Aber selbst mit Gewalt konnte er Baum nicht zu Zugeständnissen zwingen. Nachdem Fichte mit Wut im Bauch und mit dem festen Vorsatz, das Gespräch in Kürze auf jeden Fall fortzuführen, gegangen war, erschien Baums Frau an der Tür und ging auf ihren Mann zu.

„Was wollte der Kommissar denn?"

„Fragen. Fragen! Fang du nicht auch noch an. Mir reicht es."

Er drehte ihr abweisend den Rücken. Kein weiteres Wort, lag darin.

„Mein Gott, warum sagst du ihm nicht, was du mir auch gesagt hast!"

Baum drehte sich um. Seine Adern an den Schläfen waren angeschwollen. Bissig presste er hervor:

„Du weißt, warum. Und jetzt lass mich in Ruhe."

„Sei nicht so giftig!"

„Ich bin nicht giftig."

Sie stemmte die Hände in die Hüften und bemerkte erbost:

„Und laut brauchst du auch nicht zu werden."

„Ich bin nicht laut."

„Nein, gar nicht, du schreist nur."

11

„Werden Sie abgeholt?", fragte Doktor Busch, während er Eva Kirsch prüfend ansah. „Sie sprachen von einer Tochter."

„Ich nehme ein Taxi. Ich hab es nicht so weit. Meine Tochter lebt in Füssen. Sie hat ein behindertes Kind und einen Job. Der Aufwand für sie stände in keinem Verhältnis zur guten Tat. Nein, das erwarte ich nicht und wünsche es auch gar nicht."

Sie stopfte ihre Habseligkeiten weiter in eine Reisetasche und sah vor sich hin.

Doktor Busch druckste ein wenig herum, bevor er vorschlug:

„Darf ich Sie nach Hause bringen? Ich habe einen freien Nachmittag. Es macht mir also nichts aus. Dann brauchen Sie nichts zu tragen und kommen nicht alleine in eine leere Wohnung. Das ist doch niederdrückend. Okay?"

Jetzt hob sie den Kopf und sah ihn mit seltsamen Augen an. Abwägend, als könne sie sein Angebot nicht ernst nehmen und erst recht nicht annehmen. Oder beides. Was dachte er sich bloß?

„Was sagt Ihre Frau oder Partnerin dazu? (Hatte er eine?) Ich möchte Ihnen keine Probleme einhandeln."

Die Worte waren einfach über ihre Lippen gekommen, ohne darüber nachzudenken. Wie peinlich, dachte sie im selben Moment, unverhofft so konkret geworden zu sein, ihn vielleicht vor den Kopf gestoßen zu haben. Aber diesen Punkt wollte sie doch sofort geklärt haben. Davon würde sie ihre Antwort abhängig machen.

Seine Anziehungskraft war beängstigend stark. Und ihr Schutzschild ihm gegenüber sehr dünn. Bei aller Freude über sein Angebot und dem stillen Ja in ihrem Inneren, wollte sie auf keinen Fall auch nur den lockersten Kontakt haben zu einem verheirateten Mann mit weinenden Angehörigen auf den Fersen. Nein, sie lebte lange genug, um zu wissen, wie sich die Welt drehte und wie der Verlauf so wie das Ende einer jeden Beziehung sein konnten. Und man rutschte schnell genug in eine Affäre. Sie hatte zwar keine mit ihm, gestand sich aber ehrlicherweise ein, sich eine Beziehung zu ihm zu wünschen. Und er? Wahrscheinlich dachte er überhaupt nicht daran. Wie auch immer es war oder sein würde, auf keinen Fall durfte es Probleme oder Wunden geben, egal auf welcher Seite.

Busch sah sie mit einem merkwürdig leeren Blick an. Und sie fragte sich bereits, ob sie nicht zu weitgegangen war, zu direkt, zu intim geworden war. Aber da begann er schon mit merklich veränderter Stimme:

„Machen Sie sich keine Gedanken. Sie tun niemandem weh. Ich lebe alleine. Meine Frau ist nicht geschieden von mir, wohnt aber schon lange getrennt von mir. Sie leidet an Borderlein Syndrom. Sie wissen, was das ist?"

Leicht verlegen schüttelte Eva Kirsch den Kopf:

„Nein, nie gehört."

„Es sind unerträgliche Stimmungsschwankungen, innerhalb von Sekunden. Ohne ersichtlichen Grund. Einfach so. Von liebenswert zu hasserfüllt.

66

Täglich. Die Stimmung ist nie vorhersehbar, immer unberechenbar. Ein Anlass ist nie zu erkennen. Das ist auf Dauer nicht auszuhalten. Daran zerbricht jede Partnerschaft, auch bei dem festen Willen zu bleiben, diese Krankheit mitzutragen oder dem Partner zu helfen."

„Das tut mir leid."

„Sie hat sich oft absichtlich mit einem Küchenmesser verletzt, oder den Kopf an die Wand gehauen."

„Wie schrecklich!"

Er nickte stumm und nahm ihre Hand.

„Also, ich darf Sie nach Hause begleiten? Bitte."

Sie entzog ihm ihre Hand und wich einen Schritt zurück.

„Das Angebot ist sehr nett. Danke dafür. Das kann ich …Aber das ist doch…."

„…nicht nötig", ergänzte er lächelnd. „Ich weiß. Wollen wir das nicht lassen? Einfach den Mut haben, uns ein wenig aufeinander einzulassen?"

Sie lachte, zögerte aber mit einem Ja.

„Ach, Quatsch!", lachte er unbeschwert, und sah unbeschreiblich jung aus. „Ich hole den Entlassungsbericht. Dann fahren wir. Basta!"

Über seine Entschlossenheit belustigt lachte Eva Kirsch ebenfalls und fragte nur: „Basta?"

„Genau!"

Dann war er aus der Tür, nicht ohne sich noch einmal umzudrehen mit einem spitzbübischen Lachen in den Augen. Sie ließ sich überrascht, erfreut und auch unruhig zurück aufs Bett fallen. Sie dachte über sein Angebot nach und über das, was er über seine Frau gesagt hatte und nahm sich vor, ihm auch ihre Story zu berichten. Er würde sich wundern. Aber Dramatik in einer Beziehung war ja nichts Neues. Jeder Mensch hatte seine ganz persönliche Biographie mit Höhen und Tiefen. Jeder Lebensweg war ein einzigartiger Roman. Und keineswegs immer romantisch. Oh nein! Liebe und Hass gingen Arm in Arm durchs Leben. Je inniger, desto grimmiger. Eine Zweisamkeit konnte aufregend und kräftezehrend sein, manchmal auch zerstörerisch oder tödlich, dafür aber mit Sicherheit individuell. Und wenn es auch noch so viele Storys gab, alles war schon dagewesen. Alles wurde bereits durchlebt und gelitten, war belacht oder beweint, gesagt oder verschwiegen, getan oder nicht getan worden.

12

Der Vater begleitete seine Tochter ins Präsidium. Er war frisch rasiert und hatte ein weißes Hemd an. Unter der blank polierten Stirnglatze sprossen buschige, angegraute Brauen. Gerötete Augen sahen Fichte entgegen. Das ließ auf einen Alkoholiker schließen. Die roten Äderchen auf seinen Wangen bestätigten Fichtes Vermutung. Des Vaters kleine Kratzbürste saß brav neben ihm, die Augen unschuldig aufgeschlagen, als könne sie kein Wässerchen trüben. Es war ein hübsches Mädchen mit den rotgelockten Haaren, die eine glatte kindliche Stirn umspielten. Hätte der verächtliche, oder vielleicht traurige Zug um den Mund nicht den durchaus sympathischen Eindruck verwischt.

„Schön, dass Sie gekommen sind, Herr Meierbär", begann Fichte versöhnlich und betont höflich. Er wusste nur zu gut, auf grobe Art würde er nicht weiter kommen. „Ihnen auch mein Dank, Frau Michaelis. Ich weiß, wie sehr Sie überall gefragt sind. Umso erfreulicher, dass Sie sich für uns Zeit nehmen. Und natürlich freue ich mich über dich, Swenja."

Er machte eine kleine Pause. Sein Lächeln in Swenjas Richtung wurde nicht erwidert.

„Möchte jemand etwas trinken? Einen Kaffee oder einen Tee? Wir sind auf alles vorbereitet."

Da alle abwinkten, fuhr er fort:

„ Dann steigen wir doch gleich ein, weswegen wir hier zusammengekommen sind. Ihre Tochter Swenja, Herr Meierbär, hatte eine erhebliche Kopfverletzung, die von einem Arzt erstversorgt wurde. Soweit, so gut. Aber der Hergang, der zu dieser Verletzung geführt hat, ist uns allen ein Rätsel. Um dieses Problem zu lösen, treffen wir uns heute. Die Aufklärung ist für uns so wichtig, weil wir einen fraglichen Zusammenhang suchen zwischen zwei Gegebenheiten. Swenja hat angegeben, zuhause gefallen zu sein. Das kann, nach Art und Verschmutzung der Verletzung, nicht sein. Nur Swenja kann uns aufklären. Was also ist tatsächlich vorgefallen?"

Fichte sah das Kind erwartungsvoll an. Aber Swenja rückte nur unruhig auf dem Stuhl herum und sah schweigend zu Boden.

„Swenja, sag was!" Die Stimme des Vaters war rau und hart. Er schubste sie nicht gerade sanft von der Seite an.

„Ich hab alles gesagt, weißt du doch", kam es trotzig, wenn auch kleinlaut zurück. „Ich weiß überhaupt nicht, warum wir herkommen mussten. Ich bin gefallen. Wen geht es überhaupt was an, wie und wo ich mich verletzt habe. Als ich vor einem Jahr den Arm gebrochen hatte oder ich mich im Sommer danach verbrüht hatte, wurden auch von niemandem gefragt: wieso, warum oder wo und wer. Keiner hat mich bedauert. Pass doch nächstens auf, blödes Gör, hast du geschimpft. Warum also jetzt die Scheißfragerei?"

„Swenja", schaltete sich Frau Michaelis ein. „Es tut mir leid, wenn dir früher einmal Unrecht geschah…"

„So ein Quatsch!", unterbrach der Vater die Psychologin erbost. „Unrecht! Sie passt einfach nicht auf. Alles schnell und noch schneller. So wird es auch jetzt gewesen sein. Nicht aufpassen und schon passiert wieder etwas. Fällt wie ein Tölpel auf den Kopf. Ich weiß wirklich auch nicht, was es daran aufzuklären gibt. Kinder fallen eben. Mal so herum, mal anders. Wo ist das Problem?"

„So einfach ist es nicht. Hier…", gab Fichte von sich.

Mit hochrotem Kopf fiel der Vater dem Kommissar erneut ins Wort:

„Doch so einfach ist es. Sie ist gefallen. Punkt. Aus. Ende!"

Mit mühsam erkämpfter Ruhe mahnte Fichte:

„Ich mache Sie noch einmal darauf aufmerksam, dass eine Frau schwer verletzt im Krankenhaus liegt und…"

„Damit haben wir nichts zu tun", unterbrach der Vater den Kommissar nochmals. „Wer nicht reiten kann, sollte nicht aufs Pferd steigen. Das ist und bleibt ein Risiko. Das weiß doch jedes Kind. Damit hat nur derjenige zu tun, der diesen Leichtsinn betreibt."

„Haben Sie auch nichts damit zu tun, dass Ihre Tochter eventuell von Jemandem geschlagen wurde?", fuhr Fichte unbeirrt fort. „So sieht es doch aus. Der Arzt ist ebenfalls unserer Meinung, dass da jemand nachgeholfen hat und Ihre Tochter gar nicht gefallen sein kann. Die Kopfverletzung war ganz erheblich und für einen Sturz an unüblicher Stelle. Es hätte auch schlimmer für Ihre Tochter ausgehen können. Ist Ihnen das egal? Wir wüssten natürlich gerne, wer das ihrem Kind angetan hat, denn er hat sich strafbar gemacht. Daran müssten Sie doch interessiert sein. Es geht ja nicht nur um die Reiterin, sondern auch um die Verletzung Ihrer Tochter. Um ihre Unversehrtheit.

Wenn Sie uns darüber Auskunft geben könnten, ist das doch für Swenja nicht von Nachteil. Im Gegenteil."

Seit einer halben Stunde saßen sie nun beieinander und drehten sich mit Fragen und Antworten im Kreis. Jede Frage rief Prostest hervor. Jede Verdächtigung ein Aber. Man kam nicht weiter. Das Kind war bockig wie bisher, beziehungsweise blieb hartnäckig bei seiner Erklärung, gefallen zu sein. Und der Vater war keinerlei Hilfe für die Beamten. Er hatte keinen Einfluss auf seine Tochter und schien genauso halsstarrig zu sein wie dieses Kind. Es schien, dass er keinerlei väterliche Bindung zu seinem Kind hatte. Oder er wusste mehr über diese rätselhafte Verletzung und hatte irgendeinen gottverdammten Grund zu schweigen.

„Gut", meinte Fichte. „Lassen wir es für heute dabei bewenden. Aber es ist ziemlich sicher, dass wir uns noch einmal treffen müssen. Es kommt auf die laufenden Untersuchungen an. Wir tragen Stück für Stück zusammen, bis wir ein Ergebnis haben. Und ich bitte Sie sehr, die Angelegenheit zuhause noch einmal zu bedenken und uns eventuell von sich aus aufzusuchen. Für heute danke ich Ihnen für Ihr Kommen."

Fichte war stinksauer. Mit mühsam erkämpfter Ruhe hatte er seine Worte geformt. Am liebsten hätte gesagt: verpisst euch, ihr elendes Dreckspack. Seine Disziplin hielt ihn davon ab, so etwas zu sagen, sie reichte aber nicht, so etwas zu denken. Denn in ihm brodelte es vor Wut wegen dieser unkooperativen Menschen, an die er nicht herankam, deren Weigerung er überhaupt nicht verstehen konnte. Waren sie nur dumm? Dummheit hatte viele Facetten. Selbst hohe Intelligenz schützte nicht vor partieller Dummheit. Vielleicht waren sie auch nur ganz einfach unzugänglich. Oder verbargen sie etwas? Wenn ja, was?

13

Eva stieß die Fenster auf, um die muffige Luft zu verscheuchen. Eine leichte Brise wehte herein und umspielte ihr Haar. Es roch nach Natur und Freiheit. Sie hielt ihr Gesicht dem Luftzug entgegen, dankbar, wieder zu Hause zu sein. Es geschafft zu haben. Nichts war selbstverständlich, dachte sie, erst recht nicht gesund zu sein. Das wusste sie in diesem Moment ganz bewusst zu genießen. Sie drehte sich um zu ihrem Gast, der stillschweigend in der Nähe der Tür stehen geblieben war. Bevor ihr ein Wort über die Lippen kam, bemerkte er lächelnd:

„Ich weiß."

Etwas erstaunt fragte sie:

„Sie wissen? Was denn?"

„Dass Sie den Glücksmoment auskosten."

„Oh! Sind Sie Psychologe?"

„Nein, Unfallchirurg. Deswegen verlernt man das Lesen doch nicht."

Eine zarte Röte überzog ihr Gesicht, beschämt darüber, so leicht entschlüsselt worden zu sein. Da fuhr er fort:

„Ich habe diesen Moment schon öfter bei Patienten miterlebt, wenn sie genesen waren und heim durften. Der Verlust eines Besitzes wertet diesen nachträglich erst auf, weil er verloren ging. Erst im Danach weiß man ihn so richtig zu schätzen. Das betrifft nicht nur die Gesundheit, sondern Verluste jeder Art, ob Menschen, Tiere, Leistungen oder irgendetwas sonst, woran das Herz gehangen hatte. Wenn man nichts hat, kann man nichts verlieren. Aber nichts zu haben, was verloren gehen kann, ist das nicht sehr arm?"

Eva sah ihn mit merkwürdigem Blick an:

„Je reicher du also bist, desto mehr kannst du verlieren und umso ärmer kannst du werden. Glücklich also, wer nichts hat."

„Oh nein. Traurig, wer nichts in der Hand hat. Jeder sieht sich doch um, vergleicht, entdeckt, was andere haben. Es schmerzt, leer ausgegangen zu sein. Das ist kein Glück."

„Niemand geht leer aus", meinte Eva. „Aber nicht jeder hat die Fähigkeit, seine in ihm ruhende Schätze oder Fähigkeiten zu entdecken, oder das zu finden, was abzurufen ist. Darin liegt das Empfinden, leer ausgegangen zu sein."

„Genau. Schönes suchen. Erinnerung an schöne Ereignisse ist auch ein Schatz. Niemand kann ihn dir wegnehmen. Er ist ein Juwel. Vielleicht ist er sogar eine Hypothek für schlechte Zeiten."

„Sie sind doch ein Psychologe oder ein Philosoph, habe ich recht?" Sie lachte ihn an.

Er schmunzelte vor sich hin:

„Nein, weder noch. Aber wir haben genug philosophiert. Finden Sie nicht?"

Er ließ den Blick neugierig durch die Wohnung streifen.

„Hübsch haben Sie es. Gemütlich und warm. Trotzdem Sie eine Zeitlang nicht hier waren, sieht es überhaupt nicht unbewohnt aus."

„Schön, dass Ihnen mein Heim gefällt. Ja, ich fühle mich hier mehr als wohl. Meine Terrasse liegt gegen Süden. Das freut meine Pflanzen. Eine Nachbarin hat sie in der Zwischenzeit am Leben erhalten. Im Frühjahr aale ich mich in der Sonne."

„Wenn Sie nicht gerade auf dem Pferd sitzen."
„Und runterfalle."

Sie lachte, schien vergessen zu haben, dass sie gefährlich gestürzt und keineswegs außer Gefahr war. Denn die Blutung im Gehirn hatte sich kaum merklich zurückgebildet und barg nach wie vor die Gefahr, sich bei irgendeiner Gelegenheit in die Umgebung zu ergießen.

Doktor Busch mochte sich das nicht vorstellen. Denn er empfand mehr als eine tiefe Zuneigung für seine ehemalige Patientin und spürte zudem einen starken Drang, sie zu beschützen.

„Wollen wir nicht das Du einführen? Wir sind doch Reiterkameraden. Unter Sportlern ist das einfach üblich. Ich bin Ulrich."

Eva fühlte sich einen Moment überfahren. Sie sah ihn etwas verwundert an und stotterte:

„Wenn Sie…ja…warum nicht. Doch, gerne. Eva."

Er ging auf sie zu, nahm ihr Gesicht in seine warmen Hände und küsste sie auf die Stirn. Als sie verwundert zu ihm aufsah, beugte er sich zu ihr und drückte seinen Mund auf ihren. Warme, trockene Lippen, die sie sachte berührten.

„Das macht man so", meinte er ernst und fast entschuldigend.

Sie schloss die Augen, während ein wohliges Gefühl ihren ganzen Körper durchflutete und eine leichte Röte ihr Gesicht überzog. Sie hatte seinen Herzschlag gespürt, hart und schnell. Und in ihre aufkeimende Begierde mischte sich die unterschwellige Angst, ihn zu sehr zu mögen und dann verlieren zu können.

„Hast du Sekt im Eisschrank? Es gebührt sich ein Schluck darauf", fragte er lachend. Ich sollte gehen, dachte er. Wenn ich bleibe---mein Gott, ich habe mich, glaube ich, verliebt. Aber sie darf es nicht wissen, nicht einmal ahnen. Sonst vertreibe ich sie vielleicht. Er sah ihr nach, wie sie Gläser aus dem Schrank holte, die Sektflasche aus dem Spint trug. Ihre schlanke Figur, der leichtfüßige, schwebende Gang. Biegsam in jeder Bewegung. Sie hatte eine Aura, in der er sich verfing.

„Machen Sie---pardon, du das?"

Etwas verlegen, aber lachend reichte sie ihm die Flasche. Mit klopfendem Herzen suchte sie die Situation zu überspielen. Unter seinem Blick fiel ihr nichts ein. Mein Gott, sie war eine selbstbe-wusste Frau, hatte mit beiden Beinen im Leben gestanden, ritt ein Pferd, und jetzt scheu wie ein kleines Mädchen.

„Sie haben von sich gesprochen. Möchten Sie…Pardon, möchtest du hören, wie es mir er-gangen ist? Nur, wenn es recht ist und… oder musst du gehen?"

„Nein! Gerne. Bitte. Ich habe Zeit. Freier Nach-mittag."

Mein Gott, dachte er. Ich würde zu gerne weit über diesen freien Nachmittag hinaus bleiben.

14

Busch setzte sich und hörte Eva zu.

Es war ein Tag im Frühling, getränkt mit dem Duft der Hoffnung. Es gibt ja Tage, die so viel versprechen, von denen man deswegen auch zu viel erwartet. So war es mit dem besagten Tag. Er endete mit dem Geruch der Trostlosigkeit. Er beendete ein Leben, das meines gewesen war.

Ich bereitete das Mittagsessen vor und wartete auf meinen Mann. Unsere Tochter blieb über Mittag im Hort. Als ich hörte, wie sich der Schlüssel im Schloss der Wohnungstür bewegte, drehte ich die Hitze im Herd hoch, legte die Schürze ab und verließ erwartungsvoll die Küche.

Im Eingangsbereich stand mein Mann und, wie mir erst später einfiel, leicht verlegen oder zögernd. Er hielt ein fremdes Kind an der Hand. Ein Junge von etwa fünf Jahren. Ich konnte dieses Alter gut einschätzen, da unsere Tochter ebenfalls dieses Alter hatte.

„Aha! Besuch? Und wen haben wir da?", fragte ich ahnungslos und ein wenig erstaunt. Lächelnd ging ich auf meinen Mann zu und beugte mich freundlich zu dem Kind.

„Das Kind einer Krankenschwester", sagte er mit leicht heiserer Stimme. Das merkwürdige Kratzen seiner Worte hätte mir auffallen müssen. Tat es aber nicht.

„Und wieso bringst...?"

„Die Mutter ist erkrankt. Da dachte ich…du liebst ja Kinder…", versuchte er zu erklären.

„Nee, mein Lieber", lachte ich kopfschüttelnd. „Da dachtest du falsch. Ich mag zwar Kinder. Ich bin aber nicht zuständig für fremde Kinder. Nur für meines. Hier ist kein Kindergarten oder Hort. Was denkst du dir nur. Ich hab zu tun. Was soll ich denn mit ihm anfangen? Spielen? Bring es zurück zum Kindergarten oder zu seinem Vater."

Er schluckte verlegen und errötete. Er trampelte auffällig von einem Fuß auf den anderen. Schweiß stand ihm auf der Stirn und rann aus seinen Achseln. Man sah, er wollte etwas sagen, vermochte es aber nicht. Er zog sich die Krawatte vom Hals, als bekäme er keine Luft.

„Was ist los mit dir? Bist du krank?", fragte ich fast besorgt über sein merkwürdiges Verhalten. Er machte den Eindruck, als fiele er jeden Moment in Ohnmacht. Er stand bleich und schweigend vor mir. Ja, ich hatte Angst um ihn.

„Was, bitte…?", bat ich ängstlich. Etwas stimmte da nicht.

„Was schon. Ich… ich…"

„Stimmt mit dem Jungen etwas…? Was ist das für ein Kind?"

Ein ungutes Gefühl keimte in mir auf. Eine Ahnung. Nein, sagte ich mir. Werde jetzt nicht hysterisch. Zügele deine Fantasie. Nein. Bleib ruhig, ganz ruhig. Er wird es jetzt aufklären. Ihm geht es anscheinend nicht gut. Jeden befällt mal eine Unpässlichkeit. Überarbeitet oder eine Krankheit ist im Anmarsch. Also nichts Besonderes. Oder…?

Als er nach wie vor nicht sprechen konnte, nur die Luft hörbar ein und ausstieß, wurde ich ungeduldig:

„Jörg, sag jetzt bitte etwas. Ich warte. Der Junge hat doch sicher außer einer kranken Mutter noch einen Vater, Geschwister, Großeltern oder sonst wen. Ich erwarte eine Antwort. Warum...?"

Dann kamen die lebensvernichtenden Worte scheibchenweise über seine bleichen, zitternden Lippen:

„Es ist so...ich wollte schon lange...aber ich konnte nicht... es war... ich bin...ich weiß nicht...ich liebe dich doch, das musst du glauben...nur dich...ich wollte dich nicht verletzen...wir sind doch eine Familie...mach es mir bitte nicht so schwer."

Ich wich zurück wie vor einem ausgestreckten, auf mich gerichteten Messer.

„Was? Nein, was du da sagen willst, ist nicht wahr!", schrie ich. „Nein", folgte es dann von mir kläglich, nur noch gewimmert, während ich kraftlos auf einem Sessel zusammensank. „Sag jetzt bitte sofort, dass es nicht wahr ist. Zerstöre nicht mich und meine Welt, unsere ganze Welt."

Was war da passiert. Ein Kind? Sein Kind! Von einer anderen. Das meinte er doch. Ich schluchzte unhörbar auf, fühlte mich plötzlich leer. Ohne jedes Gefühl. Alles brach weg, der Boden unter den Füßen, alles, was mein Leben ausgemacht hatte. Wehrlos zu sein, war grausam. So ohne Schutz, ohne Hilfe. Ein vernichtender Schmerz drückte meinen Brustkorb zusammen. Zerquetschte ihn förmlich. Ich schnappte nach Luft wie ein Erstickender. Lieber Gott, bat ich zitternd, lass es einen bösen Film sein aber keine Wirklichkeit.

„Bitte... sei... vergib mir...", hörte ich ihn fast kläglich flehen Er fiel vor mir auf die Knie. Wie lächerlich, ging es mir trotz aller Not durch den Kopf. Wie in einem billigen Film. „Es tut mir so unendlich leid", fuhr er fort. „Es war nicht geplant. Bitte! Ich war damals angetrunken, nicht Herr meiner Sinne. Wir hatten uns gestritten. Erinnerst du dich? Daraus…Es war ein Versehen, ein…"

„Ein Versehen?", schrie ich. „Wir hatten uns gestritten? Ja, stimmt. Ich erinnere mich. Ein heftiger Streit sogar. Also bin ich mitschuldig? Du musst ja verrückt sein. Du bist nicht nur ein Verräter, auch ein widerlicher Feigling."

Ich weinte vor mich hin und trommelte wild und wütend auf meine Schenkel. Diese Unverschämtheit. Mir Schuld zuzuschieben.

„Ich weiß", jammerte er. „Du hast keine Schuld. Es ist unverzeihlich von mir. Ich habe deine Vorwürfe verdient. Aus Angst vor genau dieser Reaktion von dir, in der Panik, dass du mir nicht vergeben würdest, dass du mich verlassen könntest, habe ich geschwiegen."

„Wie edel! Mich zu schonen. Und jetzt, wo deine Zweitfrau ausfällt, darf Nummer Eins einspringen? Das ist einfach pervers. Du geschmackloser Idiot!"

Ich sah ihn mit Augen an, die nichts sahen, so schwammen sie in Tränen. Tränen der Enttäuschung und des Zorns. Das Kind einer anderen Frau, das Kind meines Mannes. In meiner Wohnung. Vor meinen Augen. In meinem Leben. Einem Leben, das also gar nicht meines gewesen war, wie es einmal gedacht war, vor Gott und den Menschen am Altar gelobt, nein, eines auf brüchigem, fremden Boden, auf Betrug, auf Lüge. Dieser grausame Moment zerriss lautlos mein Innerstes.

Wie hatte er damit leben können? Jahr für Jahr. Tag für Tag. Wie konnte man so etwas verbergen, oder ertragen. Konnten Sorgen, Zuwendung, Liebe und Verantwortung einfach zwischen zwei Familien aufgeteilt werden? Hielt ein Herz das aus? Zog das nicht einen enormen Verschleiß von Körper und Seele nach sich? Diese Gedanken schwirrten in diesem Moment in Windeseile durch meinen Kopf.

Sein Leben war doch auch im Kern verpfuscht. Wieso hatte ich nichts gemerkt? War er so geschickt, so kalt und berechnend gewesen, mit der Zeit so routiniert in seinem Betrug an mir geworden, oder war ich so sehr mit mir und dem Alltag beschäftigt gewesen, um Wesentliches nicht mehr zu erkennen?

„Was? Was willst du noch?", hauchte ich kraftlos. „Du wagst es! Dieses Kind…Eine Chance willst du. Wie denn? Sonntags hier und montags dort? Aber an Weihnachten die Familie traut unter einem Baum? Nein, halt, wir haben ja zwei Weihnachtsbäume. Erst dort Bescherung, dann hier. Warum denn nicht? Irgendwie bilden wir alle zusammen ja eine Familie. Eine glückliche? Warum nicht! Ein bisschen verrückt vielleicht. Wer gehört zu wem? Alles gut, wir sind doch nicht spießig, nein weltoffen, großzügig, auch tolerant genannt."

Ich schüttelte ratlos den Kopf und wischte Tränen vom Gesicht. Und bevor er weiter um Vergebung betteln konnte, meinte ich:

„Du musst ja total verrückt sein, wenn du annimmst, mich in dein Chaos einbinden zu können. Wer kann so ein Durcheinander denn aushalten, oder sich überhaupt ausdenken? Nicht mit mir! Niemals! Ruinier dich alleine! Du wirst die Quittung von anderer Stelle bekommen. Jede Rechnung wird beglichen. Oder meinst du, irgendetwas im Leben würde nicht bezahlt? Man sagt nach so einer Scheiße einfach ‚Sorry' und alles ist gut?"

Meine Worte trieften von Ärger und Sarkasmus, was überhaupt nicht meinem Naturell entsprach. Ich bin ein freundlicher, ausgleichender Mensch, der immer die Schwächen seiner Mitmenschen zu entschuldigen sucht. Aber das hier sprengte mein Fassungsvermögen.

Mein Mann stand mühsam auf und machte in seiner Verzweiflung einen Schritt auf mich zu, als wolle er mich trösten oder um Verzeihung bittend umarmen. Er suchte meine Nähe. Aber ich wich zurück. Wie sollte ich seine Nähe denn ertragen?

„Ich bin untröstlich", jammerte er und ließ die Arme hängen, als seien sie abgestorben. Ich glaubte ihm sogar in diesem Moment, dass er zutiefst bereute und gut zu machen suchte, was er angestellt hatte. Vielleicht hatte er wirklich angenommen, dass die beiden Leben in irgendeiner Form zu verbinden waren. Aber nicht mit mir. Für mich gab es kein Zurück. In verbrannter Erde blühen keine Rosen.

„Glaub mir. Es ist einfach so passiert. Sie bedeutet..."

„...dir natürlich nichts. Verstehe!"

Ich spürte, wie sich mein Ich in Zeitlupe auflöste. Einfach wegschwamm wie ein zu loser Anzug im fließendem Wasser und mich nackt und seelenlos zurück ließ, ohne Träume. In diese furchtbare Leere floss der Hass ein. Wie schnell er die Liebe ablösen kann. Von einem Moment zum anderen. Mein Mann hatte ein Kind mit einer anderen Frau. Eine zweite Familie. Seit Jahren ein Doppelleben.

Meine Liebe, das Vertrauen, meine Zukunft futsch. Er war mein Leben gewesen, meine Liebe und Zukunft, einfach alles. Mein Kopf dröhnte, mein Herz schlug wie ein Hammer gegen die Brust, der Boden unter den Füssen schwankte und ich fand in letzter Minute Halt an einem Stuhl. Mein Mann wollte mir beispringen, mich halten. Aber ich sagte nur leise:

„Lass es. Rühr mich nicht an. Nie wieder. Geh einfach. Nimm das Kind mit und komm nicht mehr zurück. Du hast dein Zelt woanders aufgeschlagen. Jeder braucht nur ein Dach über dem Kopf. Geh also!"

„Eva, bitte…"

„Raus. Einfach raus!" Ich glaube, das habe ich geschrien wie ein Marktweib. Aber es war mir egal. Alles war mir egal. Ich wusste, ich würde nie wieder die Eva sein, die ich selbst kannte, die andere kannten. Ich war mit einem Ruck aus meinem Leben geschmissen worden und würde mich irgendwann neu finden müssen, wenn das überhaupt möglich sein sollte.

15

Busch hatte schweigend zugehört. Er war nahe an sie herangetreten und nahm sie in den Arm, um seine Wärme in ihre Kälte fließen zu lassen. Er sagte nichts. Was wäre schon angemessen gewesen nach dieser schrecklichen Enthüllung. Sie lehnte sich an ihn. Ohne Tränen. Sie hatte keine mehr. Nicht für ihren Exmann. Die waren ausgeweint.

„Er hatte öfters ein loses Verhältnis. Nichts von Dauer. Mehr so im Vorbeigehen, ohne Bindung. Dafür gab es verräterische Zeichen. Eine Hotelrechnung im Jackett, anonyme Anrufe, fadenscheinige Erklärungen für zu Spätkommen, Lippenstift am Hemdkragen, aber dann das!"

„Und du hast das alles mitgemacht? Warum?"

„Ich dachte immer, das war es jetzt. Wenn du so mitten drin steckst in einer Geschichte, Pflichten hast, merkst du gar nicht, wie Stunde um Stunde vorbeifließt wie ein träger Strom, und Tage um Tage vergehen, bis Jahre daraus werden. Kannst du das verstehen? Ich habe ihn ja auch einmal geliebt. Eine Scheidung schien mir anfangs wie eine Kapitulation vor ihm, vor der Familie, den Freunden und der Gesellschaft überhaupt. Ich wollte ihn auch nicht hergeben, nicht verlieren. Und wir hatten ein Kind.

Aber nach dem Kind dieser Frau war alles anders. Ich habe einfach aufgegeben. Ich wollte nicht mehr. Alles an ihm hätte mich an dieses Kind und seine Mutter erinnert. An seiner Seite war für mich kein Aushalten mehr. Wir hatten keine Basis mehr. Auf einmal waren mir Familie und Gesellschaft einerlei. Es ging mir nur noch um mich. Ich hatte das Gefühl, nur so weiter atmen zu können, nur ohne ihn überleben zu können. Es ging mir miserabel. Ohne meine Tochter…"

„Es tut mir leid, unendlich leid."

Er strich ihr übers Haar und drückte seine Lippen auf ihren Scheitel, überwältigt von ihren erschütternden Worten und seinen Gefühlen.

„Ich möchte bei dir sein und versuchen, dir eine andere Welt zu zeigen. Es gibt sie. Glaube mir."

Sie sah zu ihm auf.

„Es gibt nur eine Welt. Sie ist so. Grausam und ungerecht. Ich war nicht darauf vorbereitet. Ich kam aus einem behüteten Nest. Bei uns herrschte Liebe, Vertrauen und Beständigkeit. So sind eben nicht alle. Nein. Viele Menschen sind böse, vergiftet durch Gier, Egoismus und Neid auf alles, was andere haben und nicht sie selbst. Ich frage mich, gibt es nur schlechte Menschen…" Da er zu protestieren versuchte, „ …aber einige mit guten Eigenschaften", fügte sie sogleich schmunzelnd hinzu. „Ich glaube allerdings fest, dass jeder eine dunkle Tiefe in sich trägt. Bietet sich die Gelegenheit, kommt sie zu Tage."

„Vergiss das Schöne nicht, das dir auch widerfahren ist. Dein Beruf, ein Kind, die Reiterei."

„Ich weiß. Dafür bin ich auch dankbar. Das waren meine Rettungsringe. Und ich weiß, kein Lebensweg ist ohne Tragik oder Nackenschläge, ohne Höhen und eben auch ohne Tiefen, wenn es sich auch immer anders zeigt. Jede Biographie ist ein Unikat von Roman."

„So ist es. Du hast durch deine Vergangenheit das Vertrauen in Menschen verloren. Du kannst das Gute nicht mehr erkennen, weil du so viel durchgemacht hast. Das ist schade."

„Ja, mag sein. Das Vertrauen habe ich schon vor langer Zeit verloren. Lange vor diesem denkwürdigen Tag. Als ich zum Beispiel eines Tages die Stimme meines Mannes aus seinem Arbeitszimmer hörte, blieb ich an der Tür stehen, um zu lauschen. Ich dachte, er spricht wieder mit einer von diesen… Du weißt schon…. Tatsächlich lernte er Französisch und sprach Sätze nach, die im Lehrbuch vorgegeben waren."

Busch lachte auf. „Oh, Gott!"

„Du lachst. Heute kann ich das auch. Damals war mir in einem solchen Moment nicht danach. Ich habe mich geschämt für mein Misstrauen und war mir zugleich bewusst, was sein Verhalten da schon alles in mir kaputt gemacht hatte. Vor kurzem habe ich gedacht, wenn mich einer gefragt hätte, ob ich auf diese Welt kommen möchte, ich hätte ‚Nein' gesagt."

Er strich ihr eine Haarsträhne aus der Stirn.

„Das solltest du nicht einmal denken."

„Wie denn, wenn ich sehe wie die Menschen miteinander, den Tieren und der Umwelt umgehen."

„Ich weiß. Aber nicht alle. Die Guten oder besser gesagt die Unauffälligen fallen nicht auf, wie das Wort schon sagt. Aber es gibt sie. Sieh nach vorne, wenn du kannst. Sonst schaffst du es nie, aus dem Kreis von Kränkung und Enttäuschung heraus zu kommen.

Die Basis für das Auskommen zweier Menschen miteinander ist Vertrauen und Zuneigung. Einmal ist es dir zerronnen. Sollen wir nicht versuchen, genau das zwischen uns aufzubauen? Eine schöne Partnerschaft ersetzt nicht alles, was man erhofft, sie ist aber ein Mosaikstein für Glück. In unserem Fall ein Neuanfang. Hat das nicht jeder verdient? Wollen wir uns nicht eine schöne Zeit machen, wann immer es geht, mit Ausreiten, essen gehen oder Konzerte besuchen? Vielleicht eine gemeinsame Flussfahrt durch Frankreich oder über die Donau?"

„ Danke!", lächelte sie.

„Wofür?"

„Für dieses Angebot und dafür, dass du da bist", sagte sie.

Sie schwiegen eine Weile, eng aneinander geschmiegt, bis er meinte:

„Ich möchte heute bleiben, wenn du einverstanden bist. Am ersten Tag nach deiner Entlassung solltest du nicht alleine sein. Damit du nicht in Traurigkeit verfällst. Ich werde das auf jeden Fall zu verhindern versuchen. Ich versichere es. In Ordnung? Wenn du ausgepackt hast, gehen wir zunächst beim Italiener gegenüber essen. Dann planen wir für die nähere Zukunft und machen wir uns einen schönen Abend bei Kerzenlicht und Rotwein. Einverstanden?"

16

„Nur dreißig Euro? Wir hatten fünfzig gesagt! Vergessen?"

Hans sah missmutig auf die beiden Scheine, die Swenja ihm hinhielt. Er stampfte mit dem Fuß auf und stemmte die Hände in die Hüften, um seiner Empörung Nachdruck zu geben. Ausgemacht war ausgemacht. Das war Ehrensache. Er hatte das Geld bereits im Voraus verplant für neue Spiele auf seinem PC. Und nun? Er rieb sich mit dem Ärmel über seine verschnupfte Nase und sah Swenja böse an.

„Mehr war nicht da", gestand Swenja trotzig. Sie hatte nicht gewagt, das Portemonnaie ihrer Mutter ganz zu leeren. Das wäre aufgefallen. Prügel oder Hausarrest wären gefolgt. Ihre Schuld abzustottern schien ihr sicherer. Aber an die Ungeduld und Herzlosigkeit von Hans hatte sie nicht gedacht.

„Ich werde den Rest nachreichen. Sobald ich kann. Es geht eben nicht immer. Wenn meine Mutter außer Haus ist, hat sie das Portemonnaie bei sich. Ist sie zu Hause, muss ich höllisch aufpassen, dass sie mich nicht erwischt. Wenn das der Fall sein sollte, bekommst du überhaupt nichts. Ich versuche, an das Geld dranzukommen und dir zu geben, wie abgemacht. Ehrenwort. Ist das okay?"

Sie hoffte inständig, dass sich wieder eine Gelegenheit ergeben würde und sie unauffällig Geld stibitzen könnte. Schließlich hatte sie eine gewisse Routine. Wenn sie auch jedesmal vor Aufregung zitterte.

Hans nickte, wenn auch unzufrieden und sah sie aus seinen graugrünen Augen an:

„Spätestens in acht Tagen. Sonst…!"

Hans war nicht nur unzufrieden, er war wütend. Am liebsten hätte er Swenja eine geknallt. Aber die Clique hielt ihn zurück, nicht durch Worte, mehr durch ihre Anwesenheit. Wie hätte er dagestanden, einem Mädchen eine überzubraten. Irgendwo waren die Jungen ja auch Kavaliere. Also riss sich Hans zusammen.

„Sonst…?" schnappte Swenja sein ‚Sonst' auf und sah ihn frech und herausfordernd an. Solange er noch einen Geldbetrag zu erwarten hatte, fühlte sie sich zwar nicht wohl, aber vor seiner Aggressivität gewissermaßen sicher.

„Du weißt, wie es ist, wenn einer aus unserer Clique ausgesperrt wird. Du bist bei nichts mehr dabei. Außerdem könnte ich deinen Eltern stecken, was vor kurzem passiert ist. Sie würden Augen machen. Sie ahnen doch bisher nichts, oder?"

„Natürlich nicht. Bin ich blöd? Und du? Das brächtest du fertig? Freunde petzen nicht."

„Es liegt bei dir", meinte er gelangweilt und scharrte mit dem Fuß ein Muster in den Sand. „Die Polizei wäre auch interessiert. Was meinst du? Da kannst du große Augen machen. Von allen Seiten werden sie auf dich eindreschen. Du kommst vielleicht nicht hinter Gitter aber in ein Heim für schwererziehbare Plagen. Mahlzeit! Klasse, was?"

„Lass sie endlich in Ruh!", fauchte Rüdiger. „Der Rest ist dir sicher, hat sie gesagt. Das reicht doch."

„Sonst, na du weißt schon…", giftete Hans.

„Erpressung ist strafbar", triumphierte Swenja, plötzlich mutig mit Rüdiger im Rücken. Ihr Herz polterte allerdings so laut gegen ihre Rippen, dass es zu hören sein musste. Außerdem musste sie dringend pinkeln. Ihre Blase war schwach. Der Drang zur Toilette kam immer, wenn sie unter Druck stand.

„Pah! Erpressung! Ich bin minderjährig", feigste Hans.

„Ich auch", konterte Swenja mit kratzender Stimme. Sie kniff die Beine zusammen, um nicht doch noch in die Hose zu machen.

„Und dein Vater? Einen Scheißdreck wird ihn deine Minderjährigkeit interessieren. Auf deinem Hintern wird er für Trallala sorgen."

Das saß. So kess Swenja in ihrer Clique auftrat, so wichtig Rüdiger für sie war, so kleinlaut war sie gegenüber ihrem Vater. Er strafte nicht nur mit Schlägen, er sperrte sie ein, manchmal für Stunden oder entzog ihr eine Mahlzeit. Zuweilen verweigerte er das ohnehin klägliche Taschengeld. Mit ihm war nicht zu spaßen. Das wussten leider alle in der Clique. Weil sie sich manchmal bei ihren Freunden ausgeweint hatten. Sonst hatte sie ja niemanden.

Dass Hans nun ihre miese häusliche Lage gegen sie ausspielen wollte, war einfach gemein. Das würde sie sich merken. Hans würde sich wundern, bei erster Gelegenheit würde sie zuschlagen. Sein Zuhause war auch nicht gerade freundlich. Er hatte gehörigen Schiss vor seinem Stiefvater. Eine Gelegenheit würde sich irgendwann ergeben. Sie ergab sich immer. Man musste nur warten können und ein gutes Gedächtnis haben, damit man sein Vorhaben nicht vergaß. Warten konnte sie, und ihr fabelhaftes Gedächtnis hatte sie zu einer guten Schülerin gemacht. Was wiederum ihre Position in der Clique stärkte.

„Mein Vater! So viel Gemeinheit ist mir noch nicht vorgekommen", fauchte sie Hans an. „Auf meine Rache kannst du dich schon mal einstellen."

„Du kannst mich mal!"

„Jetzt hört ihr beide auf", mischte sich Rüdiger erneut ein und stampfte zornig mit dem Fuß auf. Er war einen Kopf größer als Hans und ein Jahr älter. Er verfügte über einen gewissen Einfluss in der Gruppe. Er stiftete allerdings zu manchem Unsinn an, wie Reifen von Fahrrädern aufzustechen, Ventile aus Reifen zu entfernen oder älteren Herrschaften von hinten die Schuhe auszutreten, wusste aber auch, wo Grenzen waren.

Im Moment kam seine Mahnung an. Es gab keine weitere Drohung, weder von Hans, noch von Swenja. Keine Beleidigung. Man schwieg und stand sich trotzig gegenüber, mit bösem Blick, knurrend und nicht gerade freundlich. Aber sie hatten verstanden.

„Schön" sagte Rüdiger abschließend. „Frieden untereinander ist doch besser als Krieg. Streit führt zu noch mehr Streit. Wollen wir das? Also! Genug ist eben genug. Swenja bringt das Geld. Sie hat es versprochen. Und du Hans hältst deine dreckige Schnauze. In jede Richtung. Ist das klar?"

Swenja hatte Herzjagen vor Aufregung und war froh, dass die Freunde es nicht hören konnten. Es war schön und beruhigend, dass es wenigstens einen unter ihnen gab, der auf ihrer Seite stand. Rüdiger. Er hatte schon manches Mal die Hand schützend über sie gehalten. Mädchen waren in so einen Clique immer beschissen dran. Schon allein, weil sie nur drei waren, gegenüber fünf Jungen. Rüdiger. Sie sah ein wenig bewundernd zu ihm auf. Gäb es doch mehr von seiner Sorte. Sie würde ihm auch mal wieder bei Mathe helfen.

17

Bevor Fichte die erste Frage stellte, ließ er die beiden auf sich wirken. Doktor Busch und an seiner Seite das Unfallopfer Eva Kirsch. Buschs Hand lag auf Evas Schulter. Beide waren leicht zueinander geneigt. Und der Blick. Er war nicht nur die kürzeste Verbindung zwischen zwei Menschen, er verriet auch das, was nicht gesagt aber gefühlt wurde. Fichte war sich sicher, hier war eine innige Verbindung. Warum auch nicht. Wo die Liebe hinfiel, fiel sie hin. Ohne Zutun. Das hatte jeder irgendwann im Leben erlebt. Wenn nicht, dann war es einerseits traurig, andererseits auch leidsparend.

Bisher hatte man Fichte mit Rücksicht auf Frau Kirschs Gesundheitszustand eine Befragung verweigert. Leicht verwundert und schmunzelnd nahm er an, dass der Arzt nun zu ihrem Schutz an ihrer Seite zu stehen schien. Er fragte sich, ob sie sich schon vor ihrem Unfall gekannt hatten oder sich erst in der Klinik kennen gelernt hatten. Er ging ihn nichts an, wenn er sich auch dafür interessierte.

„Ich habe einige Fragen auf dem Herzen", begann Fichte. „Fühlen Sie sich dem gewachsen?"

„Fragen Sie getrost", ermunterte Eva Kirsch den Kommissar.

„Mich interessiert natürlich, an was Sie sich inzwischen erinnern können. Daraus ergibt sich vielleicht ein Hinweis auf den Ablauf des Unfalls. Vor allem auf die Ursache, warum ein so liebes Pferd, wie alle behaupten, Sie in den Dreck wirft und abhaut."

Frau Kirsch zog bedauernd die Schultern hoch und sah den Kommissar an.

„Abzuhauen ist für ein Pferd normal. Pferde sind Fluchttiere. Sie bleiben nicht stehen, wenn sie sich erschrocken haben. Sie brennen kopflos durch. Elefanten bleiben stehen, wenn ihre Kumpel durch einen Unfall verletzt oder getötet wurden, Hunde fliehen, kommen aber zurück. Doch Pferde…"

„Verstehe. Pferde nicht!"

„So ist es."

Sie sah niedergedrückt auf und meinte bedauernd:

„Ich verstehe Ihre Ungeduld, oder sagen wir, Ihre Neugier. Ich wüsste ja selbst gern, was da eigentlich passiert ist. Mich betrifft es doch. Aber es ist leider nur Nebel in meinem Kopf. Bis auf das Wegreiten vom Stall. ‚Guten Ritt', sagte der Reitlehrer. Das sagt man so, wenn jemand aufsitzt und aufbricht. Das ist aber auch alles."

Fichte kaute auf seiner Unterlippe.

„Sie waren doch nach dem Unfall sicher schon öfter im Stall bei Ihrem Pferd."

„Natürlich. Mehrmals. Ich habe es besucht und mit Möhren und Leckerli verwöhnt. Kontaktpflege."

Fichte lachte. Ja, Kontakte musste man pflegen, nicht nur bei Pferden.

„Und wenn Sie auf dem Reitgelände Hufklappern von Pferden hören, das Bellen von Hunden oder Geplapper von Jugendlichen, kommt dann nicht ein Erinnern hoch, ganz schwach?"

Frau Kirsch schloss für einen Moment die Augen, als konzentriere sie sich auf Geräusche. Dann sah sie auf und schüttelte bedauernd den Kopf.

„Nein! Leider nichts. Vielleicht Morgen oder Übermorgen."

„Ja, vielleicht", sagte Fichte leicht enttäuscht. Und an den Arzt gerichtet: „Wie lange kann es dauern, bis das Gedächtnis wieder funktioniert? Dürfen wir hoffen? Oder kann es für immer wegbleiben?"

Busch wiegte den Kopf abwägend hin und her.

„Darauf gibt es keine verbindliche Aussage, weil es von der Schwere der Hirnschädigung und dem allgemeinen Gesundheitszustand eines Menschen abhängt. Niemand hat in ihren Kopf geschaut. Die Untersuchungen durch EEG, MRT und Röntgen gehen von einem mittelschweren Schaden aus."

„Und?"

Der Arzt machte eine bedauernde Miene.

„Das heißt?", hakte Fichte nach.

„Besten Falls in zwei bis drei Monaten. Es gibt sogar Aufhellungen nach fünf bis zehn Jahren. Das ist aber eher selten. Manchmal ist die Erinnerung auch für immer ausgelöscht."

„Mein Gott, soll ich mich damit zufrieden geben?", knurrte Fichte. Dabei haute er sich auf sein Knie, um seinen Unwillen zu bekräftigen.

„Müssen Sie! Ich muss es auch!"

18

„Sie schon wieder?", empfing Baum den Kommissar und seinen Begleiter, und konnte sein Missfallen über den Besuch kaum verbergen.

„Leider! Auch ich kann mir Schöneres vorstellen", murrte Fichte und war nicht gerade hocherfreut über diesen Empfang.

„Dann kommen Sie herein ins Haus und schießen gleich los."

Baum ging vor und die Kommissare folgten ihm. Fichte ließ sich auf dem angebotenen Platz nieder. Sein Kollege platzierte sich ihm gegenüber.

„Wir interessieren uns für Ihre Schuhe, genauer gesagt, für Ihre Sportschuhe."

Baum zog eine unwillige Miene:

„Hab ich nicht."

„Doch. Haben Sie. Von Adidas."

„Also! Das ist ja die Höhe. Sie spionieren mir nach bis in den Schrank hinein. Wo machen Sie Halt?"

Fichte grinste:

„Da, wo es nicht erlaubt ist. Wir kennen unsere Grenzen sehr genau. Nachspionieren ist natürlich nicht nur übertrieben, sondern einfach falsch. Vergessen Sie nicht, dass wir einen Unglücksfall aufzuklären haben, der sich vielleicht noch als ein Anschlag entpuppen könnte. Als Anschlag auf die Unversehrtheit einer Person. Damit sind gewisse Befugnisse für uns verbunden. Sonst würde kein Kriminalfall aufgeklärt."

Baums Ehefrau rutschte unruhig auf ihrem Stuhl hin und her.

„Möchten die Herren etwas trinken? Wir haben außer Wasser auch Bier oder Limo im Haus."

„Ein Glas Wasser gerne", bat Fichte.

Bevor Frau Baum den Raum verließ, warf sie ihrem Mann einen warnenden Blick zu, was hieß: ‚Sag jetzt nichts Falsches'! Fichte schmunzelte verstohlen vor sich hin und sah ihr nach. An Baum richtete er dann die überraschende Frage:

„Sie wiegen ungefähr 93 Kilo, oder?"

Baum sperrte den Mund auf.

„Wie kommen…?"

„Und Sie haben eine Größe von etwa 1,95 Meter."

Jetzt zeigte sich blankes Staunen auf seinem Gesicht.

„Also, woher wollen…?"

Aber Fichte ließ sein Gegenüber nicht zu weiteren Worten kommen und fuhr unbeirrt fort:

„Sie standen circa 150 Meter vom Tatort entfernt, um den Unfallort so zu bezeichnen, sind dann allerdings im Eilschritt auf den Ort des Geschehens zugelaufen. Was haben Sie dort gemacht? Jetzt will ich nicht irgendeinen Scheiß aufgetischt bekommen."

Es folgte Stille. Baum hatte vor Staunen die Augenbrauen hochgezogen und den Mund immer noch leicht geöffnet. Sollten sich Worte in seinem Gehirn geformt haben, so fanden sie zunächst keinen Ausgang. Er schien Fichtes Worte zu verinnerlichen und schüttelte erstaunt, oder mehr noch entgeistert, den Kopf, bis er endlich seine Sprache wiederfand, wenn auch stotternd:

„Wie…waren Sie…ich meine, waren Sie vor Ort? Oder bluffen Sie? Einfach so ins Blaue hinein. Ich falle doch nicht auf Ihre Fantasien herein. Sie hauen einfach Zahlen in den Himmel, ohne jeden Beweis. Einfach so. Peilen mal eben so über den Daumen die Figur Ihres Gegenübers ab und vertrauen ihrem geschulten Blick. Ist doch haltlos."

Fichte ließ sich Zeit. Baum zappelte. Sollte ihm Fichtes Darstellung dennoch realistisch erscheinen, er zeigte es nicht. Aber seine Augen fragten: Was weiß dieser verdammte Kommissar wirklich. Nun, dachte Fichte, mehr, als es Ihnen lieb ist, werter Herr.

Busch fragte sich in diesem Moment sicher zusätzlich: Was sage ich, ohne... Fichte wusste, Zögern und Abwägen des Gegenübers hatten ihre eigene Sprache, eine Sprache, die Fichte sehr wohl verstand und hörte, als würde sie gesprochen. Gewissermaßen war Fichte mit einem Bluthund vergleichbar, ohne zu beißen, dafür aber mit einem fabelhaften Instinkt ausgestattet. Jetzt nickte er Baum freundlich zu, um ihn zum Reden aufzufordern. Sanftheit hatte oft mehr Erfolg als Grobheit. Nicht nur Peitsche, auch Zucker bitte. Wie bei Pferden.

„Wir könnten doch ein gewisses Abkommen treffen", meinte Baum nach merklicher Schweigezeit, in der er sein gedankliches Potpourri zu ordnen gesucht hatte.

„Und das wäre?", lachte Fichte.

„Sie verraten mir, wie Sie an die eben vorgetragenen Ergebnisse gekommen sein wollen, und ich nehme Stellung dazu."

In Fichte machte sich Erleichterung breit. Ihm fiel der Deal mit dem Kind ein, ein Geständnis über den Hergang des Unfalls gegen ein kleines Entgegenkommen seitens der Polizei, was dann noch auszuhandeln gewesen war. Warum nicht. Um ans Ziel zu kommen, durfte man auch mal ungewohnte Wege einschlagen. Diese lockere Art brachte oft erstaunliche Erfolge, im Gegensatz zu Anbellen oder Drohungen.

„Gut! Abgemacht. Der Abdruck Ihres Schuhs hat mir Gewicht und Größe verraten, nicht alles leider, sonst säße ich nicht hier, aber eben eine Menge."

„ Ein Abdruck? Nein! Glaube ich nicht. Obschon ich einräumen muss, die angegebenen Zahlen sind erschreckend nah dran, eigentlich fast perfekt getroffen."

„Aha! Doch, es war der Abdruck! Jetzt Sie!"

„Bitte! Verraten Sie mir Ihre Ausführungen näher. Es interessiert mich wahnsinnig."

Das glaubte Fichte ihm aufs Wort. Mit einem Verdächtigen hielt man natürlich kein Palaver. Aber Baum schien nicht verdächtig. Wenigstens nicht unbedingt. Im Gegenteil, er hatte den Unfall gemeldet, damit der Polizei und erst recht dem Unfallopfer geholfen, Schlimmeres also verhindert. Warum in diesem Fall nicht ein kleiner Nebenpfad? Verhöre oder Befragungen durften ungewöhnliche Wege gehen, wenn sie versprachen, zum Erfolg zu führten.

„Aus Tiefe und Größe des Abdrucks ergibt sich beides, wenigstens so ungefähr. Von der Länge des Schuhabdrucks zieht man einige Zentimeter ab, um in etwa die Größe des Fußes bestimmen zu können. Daraus errechnet sich dann die Körpergröße", erklärte er. „Und je schwerer der Träger des Schuhs ist, desto tiefer drückt sich sein

Schuh in den Boden. Wir haben viele Vergleichswerte. So können wir Rückschlüsse ziehen auf die Größe einer Person, und auf das Gewicht. Ebenso schnell entdecken wir zu entschlüsselndes Schuhwerk, nämlich durch das Profil der Sohle. Auch hier können wir auf eine Vielfalt von Mustern zurückgreifen. Natürlich bietet sich dieses Vorgehen nicht überall an. Man braucht weichen Boden, wie es Reitwege und Wald zum Beispiel anbieten. Der Boden am Unfallort war optimal. Das ist das ganze Geheimnis."

„Und wie kamen Sie auf die Idee, ich sei im Eilschritt auf die Unfallstelle zugerannt?"

„Wiederum durch die Fußspuren. Im Schritt liegen sie näher beieinander als im Laufschritt. Das ist alles. Oh, es ist allerdings noch möglich, durch Farbscanner den Fußabdruck wie einen Fingerabdruck haargenau und absolut individuell zu analysieren."

„Aha! Haben Sie das vor?"

„Nein! Ich warte. Wir haben eine Abmachung."

Baum schwieg zunächst. Wollte er jetzt etwa kneifen? Oder nur mit der halben Wahrheit herausrücken? Oder irgendeinen Mist auftischen? Dann würde sich der Ton zwischen ihnen ändern. Und zwar gehörig. Aber bevor sich Fichtes Gutmütigkeit in sich zurückzog, ließ Baum sich vernehmen:

„Ja, wie Sie gesagt haben, die Entfernung stimmt sehr genau. Als ich dann die gellenden Schreie der Frau hörte und sah, wie sie rückwärts vom Pferd stürzte, aufschlug und das Pferd im Galopp abhaute, bin ich sofort auf die Stelle zugerannt, um zu..., aber ich war nicht fähig zu helfen.

Ich habe noch nie vor einem Verletzten gestanden. Mir fiel die Polizei ein. An einen Krankenwagen habe ich gar nicht gedacht. Wobei das sicher sinnvoller gewesen wäre. Die blutende, leblose Frau am Boden hat mich einfach kopflos gemacht. Ich habe vor Schreck am ganzen Körper geschlottert. Wissen Sie, wie es ihr geht?"

„Besser. Sie hat längere Zeit im Krankenhaus verbracht. Inzwischen ist sie entlassen, wenn auch körperlich angeschlagen."

„Mein Gott. Sie konnte tot sein. Spontan habe ich nur…ja, deswegen…"

„Deswegen, was…?"

„Ach, nur so."

19

Ulrich Busch rieb sich die Augen, als er erwachte. Er schielte zu Eva hin. Aber sie schlief noch. Ihr fein geschnittenes Gesicht war umrahmt von ihren Haaren. Eine Hand lag auf der Decke. Ihr Anblick rührte ihn. Er schob vorsichtig seine Decke zur Seite und kroch aus dem Bett, um Eva nicht zu wecken. Nach einer Nacht der Zärtlichkeit sollte sie ausschlafen. Busch schlich zum Bad, um zu duschen. Danach wollte er alles fürs Frühstück zurechtmachen. Nach der Morgentoilette warf er noch einen Blick ins Schlafzimmer. Eva hatte ihre Lage nicht verändert und schlief fest.

Busch begann in der Küche, eine Melodie vor sich her summend, mit den Vorbereitungen fürs Frühstück. Er kannte sich inzwischen in Evas Wohnung aus, da er die Wochenenden oft bei ihr verbrachte. Am Nachmittag wollten sie in den Stadtwald ausreiten, wenn das Wetter hielt und kein Regenschauer aufzog. Er freute sich darauf. Jeder Ausritt mit ihr war reine Freude für sie beide. Natürlich ritten sie überwiegend im Schritt. Trab und Galopp wagten sie nur im leichten Sitz und nur über kurze Strecken, um Eva nicht zu gefährden.

Sie plauderte bei diesen Gelegenheiten immer munter daher über ihre berufliche Laufbahn, ihre Tochter und das behinderte Enkelkind, auch über ihre Ehe. Im Verbund mit ihren schnaubenden Pferden blieben Sorgen allerdings meist hinter ihnen.

Jetzt stellte Busch das Geschirr auf den Tisch, und nahm Marmelade, Honig, Zucker und Büchsenmilch aus den Regalen. Zwei Scheiben Toastbrot steckten im Toaster. Alles parat. Er warf einen zufriedenen Blick über den Tisch und ging zum Schlafzimmer.

Eva lag unverändert da. Das blasse, kleine Gesicht im Kissen versunken, die Hand an eben der Stelle wie vorhin. Er wunderte sich ein wenig, dass sie ihre Lage kein bisschen verändert hatte und ihr Gesicht kleiner erschien, versunken im Kissen.

„Eva", flüsterte er, um sie durch seine zu laute Stimme nicht zu erschrecken. „Eva, Liebling, du musst allmählich wach werden und aufstehen. Oder willst du den Tag verschlafen?"

Er ging ganz nah an ihr Bett heran und beugte sich über sie. Sie sah nicht nur blass aus, nein eher wächsern. Und so unendlich schmal und eingefallen. Sie war doch wohl nicht…nein. Buschs Puls flog plötzlich in die Höhe. Da stimmte etwas nicht.

„Eva?" Das sagte er jetzt lauter, auffordernd, voller Unruhe.

Aber sie rührte sich nicht.

„Eva?" Jetzt war seine Stimme noch lauter geworden und hatte etwas von Panik an sich. Eva rührte sich trotzdem nicht, antwortete nicht. Sie war doch nicht… Vorsichtig rüttelte er an ihrer Schulter. Immer noch nichts. Zitternd streckte er seine Hand aus. Nach einem kurzen, angstvollen Zögern nahm er ihre Hand in seine und zuckte augenblicklich vor der Kälte ihrer Finger mit einem leisen Schrei zurück.

„Nein! Nein! Eva! Bitte…!"

Sekunden konnte er nichts tun, nicht denken, nicht begreifen. Blankes Entsetzen breitete sich in ihm aus.

„Eva, Liebling, bitte!"

Er rief. Er flehte. Nichts. Nur allmählich löste sich seine Starre, begriff er. Nach Minuten der Apathie strich er Evas Haare zurück, fühlte wie benommen ihren Puls am Handgelenk, dann am Hals. Die Routine des Arztes griff nach ihm, was er tat, tat er ohne jedes Gefühl, gesteuert von irgendwoher. Dann sank er erschüttert und schluchzend auf den Boden neben ihrem Bett, ihre kalte Hand in seiner warmen.

Eva war tot. Leise gestorben an seiner Seite. Während er geschlafen hatte, war sie schweigend in eine andere Welt gegangen. Das war schrecklicher, als ihr Tod in der Klinik gewesen wäre. Dieses enge Nebeneinander von Leben und Tod war kaum zu ertragen. Welches Recht hatte sein Pulsschlag, sein Atemzug, wenn an seiner Seite ein Herz aufgehört hatte zu schlagen? Wie sollte er je darüber hinwegkommen. Niemals. Das wusste er schon jetzt.

Die gemeinsamen Tage und Wochen zogen wie im Film an seinem inneren Auge vorbei. Wenn es dich gibt, guter Gott, dann schenke mir die Kraft, diesen furchtbaren Schlag zu verstehen und eines Tages zu verkraften, bat er.

Unzählig viele schöne Stunden hatten sie erlebt, und doch viel zu wenige. Traf ihn Schuld an ihrem Tod? Mitschuld? Musste er nicht wissen, dass Sex für sie gefährlich sein konnte? Aber was wäre nicht gefährlich für sie gewesen? Jeder Spaziergang, ein Ausritt, sich bücken oder einen Gegenstand anheben. Ja, eigentlich alles, was im Alltag anfiel, konnte ihr zum Verhängnis werden. Sie war gefährdet gewesen, vom ersten Tag an nach dem Unfall, in jeder Stunde danach. Sie hatte die Gefahr in sich getragen wie einen Sprengsatz, der jederzeit explodieren konnte. Das Hämatom im Kopf konnte platzen, wann immer die Wand drum herum dem Druck nicht mehr standgehalten hätte, um sich in umliegendes Gewebe zu ergießen, mit und ohne Anlass. Eigentlich war es nur eine Frage der Zeit gewesen.

Er hatte es immer gewusst, aber verdrängt, die Tücke der Krankheit versucht zu ignorieren, gehofft, ja gehofft auf ein Wunder, ein gnädiges Wunder, für sie und für sich, trotzdem… Nun war das Furchtbare geschehen. Diese ständige Gefahr im Nacken hatte seine Verbindung zu ihr gefestigt, als könne er sie mit Gewalt so unlösbar an sich binden, dass sie sich niemals davonstehlen würde. Aber wer wollte sich schon über das Schicksal erheben.

Es dauerte, bis er sich ein wenig fasste. Er dachte mit Schrecken daran, etwas unternehmen zu müssen. Er konnte nicht untätig bleiben. Zum ersten Mal war er persönlich betroffen von einem Todesfall und merkte, dass er kaum in der Lage war, professionell vorzugehen, so wie er es in der Klinik seit Jahren gemacht hatte. Was zuerst? Er musste sich zusammennehmen, sachlich bleiben, wenn die Emotionen ihn auch erdrückten. Er war über viele Wochen Evas Partner gewesen, ihr Liebhaber, aber er war auch Arzt. Und als solcher war er nun gefragt.

Zunächst musste ihr Tod offiziell festgestellt werden, nicht von ihm, nein, er war zu sehr berührt. Ein Kollege musste das übernehmen. Der diensttuende Kollege im Krankenhaus? Nein! Die Notdienstzentrale würde den diensttuenden Arzt vom Außendienst schicken.

Was war mit der Polizei? Er musste den Kommissar umgehend über ihren Tod benachrichtigen. Schließlich war Evas Unfall ein polizeibekanntes Geschehen. Sie alle waren in Bezug zu ihrem Unfall und ihrem Befinden danach befragt worden. Mehrfach sogar. Vor ihrem Tod galt ihr Unfall einfach als Unfall. Aber jetzt? Er war kein Jurist, konnte sich aber vorstellen, dass Evas Tod nun spektakulär werden konnte. Sofern es einen Täter gab, der den Unfall ausgelöst hatte. Die Polizei hatte ja immer wieder auf diese Möglichkeit hingewiesen und war deshalb so hartnäckig mit Befragungen drangeblieben.

Hoffentlich würde ihre Wohnung nun nicht zum Tatort erklärt. Das fehlte noch. Er stand im Mittelpunkt. Seine Beziehung zu ihr war bekannt, auch der Polizei. Er war der Letzte, der sie lebend gesehen und erlebt hatte. Das alleine reichte, ihn nach vielen Einzelheiten zu befragen. Also würde man wissen wollen: Seit wann waren Sie in der Wohnung? Wann haben Sie zuletzt mit ihr gesprochen? War sie auffällig? Wurde sie von Schwindel, Sehstörung oder Kopfschmerz heimgesucht? Hatten Sie Streit? Hatten Sie Sex? Oft? Ja! Wann zuletzt? Oh Gott! Hoffentlich ersparten sie ihm das alles.

Er führte ihre kühle Hand an seine Lippen.

„Mein Liebling", flüsterte er. „Mein armer Liebling. Ich lasse dich nicht gerne gehen. Das weißt du. Ich wusste ja, dass… Aber ich kann dich nicht halten. Meine Liebe begleitet dich auf deinem Weg, wohin er auch führen mag. Adieu, geliebte Eva. Adieu, mein Herz. Irgendwann, irgendwo darf ich dich wieder in den Arm nehmen."

Er strich ihr eine Strähne aus der Stirn, drückte seine Lippen auf den Ansatz ihrer Haare und verließ weinend das Zimmer.

20

Swenja stand unter Druck. Hans hatte gedroht, sie zu verpetzen, sollte sie ihm das versprochene restliche Geld nicht rechtzeitig geben. Es war mehr als mies von ihm. Aber er würde sie tatsächlich verraten. Daran zweifelte sie nicht. Wahrscheinlich war er sogar schlau genug, sich ohne Namen oder mit falschem Namen bei denen zu melden, die er angegeben hatte, bei ihren Eltern oder der Polizei. Dann würde niemand wissen, wer sie denunzierte. Die Clique würde es zwar ahnen, würde es sogar wissen, aber schweigen. Und Hans? Er war gerissen und würde unschuldig tun, angeblich von nichts was wissen und alles leugnen, sollte ihn jemand darauf ansprechen. Und niemand würde ihm den Verrat nachweisen können. So war er. Gemein und hinterhältig. So kannten ihn alle. Es war zum Kotzen. Er war zum Kotzen.

Die Zeit drängte. Hans wollte nicht länger warten. Das hatte er gesagt. Swenja hatte ihn vor ein paar Tagen noch mal um Aufschub gebeten. Vergeblich. Er war patzig geworden, hatte sie an ihre Ehre als Teil ihrer Clique erinnert, gedroht und nicht einen Deut nachgegeben.

Also wartete sie fortan auf einen günstigen Augenblick, um aus dem Portemonnaie der Mutter den ausstehenden Betrag entwenden zu können. An Vaters Geldbörse war nicht heranzukommen. Er trug sie immer in seiner Gesäßtasche. Heute musste sie den fehlenden Betrag grapschen, denn heute Nachmittag wollten sie sich mit den Freunden im Stadtwald treffen. Letzte Chance. Natürlich musste genug Knete im Portemonnaie der Mutter sein, damit es nicht auffiel. Je mehr, je besser. Der Vater hatte Dienst. Er konnte ihr nicht in die Quere kommen. Das war mehr als gut. Die Mutter hatte sich hingelegt. Sie war wegen Rückenschmerzen krankgeschrieben. Auch gut. Hoffentlich war sie eingeschlafen. Und hoffentlich war ihr Schlaf tief und langanhaltend.

Swenja hatte sich in den zurückliegenden Tagen friedlich verhalten, keine Auseinandersetzung provoziert. Keine Widerworte gegeben, Hilfe beim Abwasch angeboten, Papier und Müll ohne Murren entsorgt, fleißig über ihren Büchern gehockt und gelernt. Das alles schien ihr eine wichtige Basis für den Fall, dass sie trotz aller guten Vorbedingungen erwischt werden sollte. Aber es durfte einfach nichts schief gehen. Auf keinen Fall. Gute Führung im Vorfeld würde ihr beim Klauen nur sehr fraglich ein kleines Pardon einbringen. Ob ihr untertäniges Verhalten ihr alle erdenklichen Strafen ersparen konnte, würde sich gegebenenfalls dann zeigen, wen sie auffliegen sollte. Das würde sie früh genug erfahren. Auf Erfahrungen dieser Art verzichtete sie besser. Es war nicht lange her, dass sie Stubenarrest bekommen hatte, und zwar für acht Tage, wegen ein paar Widerworten. Ja, so ging es bei ihnen zu.

Wenn Hans nicht wie abgemacht heute das Geld bekommen würde, würde er wahrscheinlich bei ihr zu Hause aufkreuzen und ihren Eltern stecken, was er wusste. Bei dem bloßen Gedanken daran, bekam sie Herzklopfen und Druck auf die Blase.

Endlich war es soweit. Mutter schlief. Alles war ruhig. Swenja klappte ihr Rechenbuch zu und schlich in die Diele, wo Mutters Tasche mit dem verlockenden Inhalt wie immer neben dem Telefon auf der Truhe lag. Swenja sah sich noch einmal um, ob auch wirklich keiner irgendwo stand und sie beobachtete. Keiner da.

Sie wiegte sich in Sicherheit, schlich auf die Truhe zu und streckte die Hand nach der Tasche aus. Das rötliche, stark abgenutzte Portemonnaie zog sie vorsichtig aus dem Inneren, klappte es auf und sah zu ihrer Freude, es waren genug Scheine vorhanden, einige Zehner, einige Zwanziger und sogar ein Fünfziger. Mit feuchter zitternder Hand zog sie das Fehlende an der vereinbarten Summe aus der Börse und ließ die beiden Scheine, einen Zwanziger und einen Zehner, in der Tasche ihrer Jacke verschwinden. Ihr ganzer Körper war nassgeschwitzt. Geschafft, ging es ihr triumphierend durch den Kopf.

Genau in diesem Moment ging die Schlafzimmertür der Eltern auf und ihre Mutter stand in der Tür. Wie ein Geist. Groß, blass und stumm. Die Haare ungekämmt auf den Schultern. Die Augen schmal wie Schlitze. Mutter und Tochter rührten sich zunächst nicht, standen sich wie versteinert gegenüber, starrten einander nur an. Nach einem Schweigen, das wie eine drohende Wolke zwischen ihnen schwebte, sprang die Mutter plötzlich auf Swenja zu:

„Was machst du da?"

Geschockt starrte Swenja ihre Mutter an, deren Gesicht zu einer Grimasse verzogen war. Die Gedanken rasten hinter der kleinen Stirn:

„Nichts!"

„Nichts?"

Die Mutter holte aus und schlug ihrer Tochter mit flacher Hand derart seitliche gegen den Kopf, dass das Mädchen den Halt verlor und mit einem Schrei gegen die Wand schlug. Die Hand schützend auf die schmerzende Stelle gedrückt, rappelte sich Swenja hoch.

„Du hantierst in meiner Tasche, an meinem Geld", schimpfte die Mutter, „stiehlst diverse Scheine. So eine Unverschämtheit. Nichts, sagst du? Ich bin doch nicht blind. Was fällt dir ein!"

Swenja knickte sofort ein. Ihr Kopf schmerzte von dem Schlag und dem Aufprall danach. Und die Belastung war zu mächtig gewesen. Sie erdrückte. Die Sache im Stadtwald. Die ganze Anspannung im Vorfeld durch den Druck, den Hans erzeugt hatte. Dazu die Angst, verpetzt zu werden oder beim Klauen erwischt zu werden. Die Unsicherheit, ob das Stehlen klappen würde, so, wie sie es sich vorstellte. Vor allem aber die Panik vor den Folgen, sollte sie doch beim Klauen ertappt werden. Das alles hatte sich summiert und war zu viel gewesen. Es hatte sie Schlaf, Appetit, überhaupt alle Kraft gekostet und ausgelaugt wie eine schwere Krankheit. Ihre Kleider schlotterten an ihrer Figur und im Gesicht sah sie grüngelb aus, wie ausgekotzt.

Nun war auch noch alles umsonst. Ihr war zum Weinen zumute, nein zum Erbrechen. Aber jegliche Schwäche musste sie sich verbieten. Schwach durfte sie jetzt nicht sein und sich schon gar eingeknickt zeigen. Frech sollte sie sich geben. So verhielt man sich in einer Notsituation.

Das hatte sie doch gelernt. Aber woher die Kraft nehmen. Sie hatte nicht mal mehr die Kraft, so zu tun, als hätte sie noch einen Funken Mumm in den Knochen. Sie war einfach am Ende. Ihr Plan war gescheitert, sie war geliefert, so oder so, sie fühlte sich hundsmiserabel.

Die Mutter brauchte ihr Geld gar nicht nachzuzählen. Sie hatte ja zugesehen, als sie die Scheine entnommen hatte. Sie hatte in der Tür stehend die geklaute Summe natürlich erfasst. Leugnen oder lügen würde jetzt alles noch schlimmer machen. Also! Es musste gesagt werden, im Vertrauen auf…Verständnis? Auf was sonst…aber was erwartete sie.

„Und?", ließ die Mutter sich hören.

„Ich brauche das Geld, ganz dringend", meinte sie kleinlaut und zog den Kopf ein in Erwartung weiterer Schläge.

„Warum hast du mich nicht gefragt?"

„Du hättet mir doch nichts gegeben. Oder?"

„Stimmt."

Die Mutter blitzte sie böse an und stemmte die Hände in die Hüften, als wolle sie damit ihre Ablehnung bestätigen.

„Wofür brauchst du das Geld?"

Swenja wand sich:

„Das kann ich nicht sagen."

Die Mutter brummte vor sich hin. Sie war wütend.

„Wenn du mir auch nichts sagen willst, dein Vater wird dir den Grund aus dem Maul prügeln."

„Nein! Bitte! Sag Papa bitte nichts. Ich habe Angst vor ihm. Er wird mich schlagen und einsperren. Das weißt du doch. Willst du das?"

„Dann sag es mir. Rede mit mir. Warum? Wofür?"

Swenja druckste.

Sie wusste nur zu genau, dass ihre Mutter auch Angst vor ihrem Vater hatte. Sollte er feststellen, dass die Mutter von dem Diebstahl wusste, es ihm verheimlicht oder die Tat vielleicht sogar gedeckt hatte, würde er auch ihr gegenüber die Hand heben. Sie war schon oft mit einem blauen Auge herum gelaufen und angeblich gegen eine Tür geknallt. Die Mutter musste also ganz einfach daran denken, nicht etwa die Haut ihrer Tochter, sondern vielmehr die eigene zu retten.

„Und?", fragte sie wieder ungeduldig.

Es war vorbei. Swenja war zum Erbrechen übel von Wut und Ärger, auf sich selbst, auf Hans, die Mutter und die ganze Welt.

„Ich werde erpresst."

Die Mutter lachte laut auf und verdrehte die Augen in gespielter Verzweiflung:

„So ein Quatsch! Erpresst. Mit was denn und warum? Reiche Leute werden erpresst. Um Geld. Aber Kinder? Das gibt es gar nicht. Weil es nichts zum Erpressen gibt."

„Es ist aber so. Ich muss an einen Freund einen bestimmten Betrag zahlen, sonst…"

„Sonst? Was redest du da? Welcher Betrag? An welchen Freund und warum? Du spinnst dir doch da was zusammen, um dein Stehlen zu rechtfertigen. Wahrscheinlich wolltest du dir neue Klamotten besorgen. Du bist einfach unerzogen."

„Nein. Ich spinne nicht. Und ich weiß, was sich gehört. Es stimmt ganz einfach, dass ich erpresst werde. Keine Klamotten Du musst mir glauben. Bitte!"

„Wenn ich dir glauben soll, dann erklär es mir. Das kann doch nicht so schwer sein. Also, ich warte."

Swenja schluckte. Was sollte sie tun? Schweigen ging nicht. Reden ging nicht. Was also? Sie schluchzte auf. Ihr Kopf dröhnte von wirren Gedanken. Ihr Hals schnürte sich zu, dass sie glaubte zu ersticken. Und ihr Brustkorb wurde so eng, als wickele sich ein Stahlseil drum. Ihr Herz hatte keinen Platz mehr darin. Das Atmen fiel ihr immer schwerer.

Es gab keinen Ausweg. Der Druck von allen Seiten wog zentnerschwer. Er drückte auf ihre Eingeweide wie ein übergroßer Stein. Im Kopf rauschte es. Ihr Körper wurde von einer Zange zerquetscht. Ich sterbe, dachte sie.

Ohne nachzudenken, dem Instinkt folgend wie ein verwundetes Tier, drehte sie sich blitzschnell um, riss eine Jacke von der Garderobe und rannte wie von Sinnen aus der Wohnung. Hinter sich hörte sie die Stimme der Mutter. Sie hörte ihren Namen, die Aufforderung, stehen zu bleiben, die ganze Wut der Mutter, ja, Swenja hörte sie dann sogar weinen.

Nicht hinhören, sagte sich das Mädchen im Fliehen. Nicht zurückschauen. Nein nur geradeaus, weiter, weiter. Alles war ihr egal. Sie hörte nur eine überstarke Stimme in ihrem Inneren, die trieb und trieb: „Lauf, lauf, so schnell du kannst!" Ja, weg von hier, war ihr einziger Gedanke, einfach weg, egal wohin. Also lief sie und lief. Sie stolperte, fing sich, stolperte erneut und fing sich wieder.

Blind von Tränen und Panik stürmte und stürmte sie weiter. Weiter ohne Ziel, ohne Sinn, ohne Sinne.

21

Die Obduktion ergab, was Busch geahnt hatte und nicht nur er, auch seine Kollegen und schließlich sogar die Polizei: Das Hämatom in Evas Kopf war geplatzt, hatte sich in die Umgebung ergossen und lebenswichtige Bereiche für Atmung und Kreislauf lahmgelegt. Sie hatte keine Chance gehabt. Es hatte jederzeit, bei jeder Gelegenheit passieren können.

Trotzdem kämpfte Busch mit seinen Schuldgefühlen. Immer wieder fragte er sich, ob er etwas hätte anders machen können, schonender oder liebevoller? Ob er sie hätte ausbremsen können in ihrer Aktivität. Konnte man nicht immer Dinge besser machen? Ja, man konnte. Aber man wusste es erst hinterher. Wenn alles vorbei war.

In dieser entscheidenden, lebenswichtigen Stunde wurde ihm die eigene Unzulänglichkeit bewusst. Und das Unwiderrufliche. Hatte er Chancen verpasst? Hätte er…? Aber was? Ihr Tod lastete zentnerschwer auf seinen Schultern.

Evas sonstiger körperlicher Zustand war laut Bericht einwandfrei. Bis auf die etwa zehn Zentimeter lange, noch leicht gereizte Narbe am Hinterkopf, verursacht durch den Sturz vom Pferd. Abgesehen also von den Unfallfolgen, war sie eine kerngesunde Frau. Für die Kripo war natürlich von großer Wichtigkeit: Der Bluterguss im Gehirn war nicht alt, also einwandfrei dem Unfallgeschehen mit dem Pferd zuzuordnen. Keine Altlast oder angeborene Gefäßmissbildung.

Sollte es also einen Schuldigen für den Reitunfall geben, so hatten die Juristen zu prüfen, steckte Absicht dahinter, ein Anschlag also, ein Mordanschlag etwa. Oder war der Unfall durch die Reiterin selbst ausgelöst worden, weil sie sich leichtfertig verhalten hatte? Grober Unfug von Unbekannt kam auch in Frage. Mehrere Möglichkeiten also, davon einige mit Inkaufnahme von Todesfolge. Sollte es einen Verursacher des Unfalls geben, würde er mit Sicherheit nicht straffrei ausgehen. Das Strafmaß würde sich nach dem zu findenden Motiv richten.

Fichte war ab sofort gefragt. Und er brannte geradezu darauf, den Fall zu lösen. Schien er doch mehr als mysteriös. Oder lief es am Ende darauf hinaus, dass da eine Reiterin einfach Pech gehabt hatte, selbst einen Fehler gemacht hatte? Das schien ihm am plausibelstem. Aber alles war möglich.

22

Es kam, wie Busch befürchtet hatte. Fragen über Fragen. Fichte saß ihm gegenüber, freundlich und voller Verständnis für die ungewöhnliche Situation, in der Busch sich befand.

„Herr Doktor Busch, Sie waren der Letzte, der Eva Kirsch gesehen und erlebt hat. Das ist doch richtig, oder?"

Der Kommissar wartete mit Geduld auf eine Antwort, nicht nur nach dieser Frage.

„Ja, das stimmt", kam es bestätigend zurück.

„Verzeihen Sie, wenn ich Sie heute so direkt nach Einzelheiten fragen muss."

Fichte wusste, was er dem Arzt zumutete. Aber er kam nicht drum herum.

„Ist in Ordnung. Ich weiß das ja", war die ruhige Antwort.

„Des Morgens lag Eva Kirsch tot neben Ihnen im Bett, entspricht das der…?"

„Ja, es entspricht der Wahrheit. Ich habe es nicht sofort gemerkt und habe mich erst angezogen und das Frühstück bereitet. Ich habe ja nicht im Entferntesten damit gerechnet. Obschon…"

Busch schluckte bei der Erinnerung an diesen schrecklichsten Moment seines Lebens. Aber er fasste sich sofort, wenn sein Puls auch ungewöhnlich schnell ging.

„Und ihre Partnerin hatte am Vorabend über nichts geklagt?"

„Nein."

„Etwa über Kopfschmerzen, Übelkeit, Sehstörungen…"

„Sie brauchen nicht alles aufzuzählen, was in Frage käme", warf Busch ein. „Ich weiß, welche Vorboten auftreten können, wenn sich im Kopf eine Blutung anbahnt oder einstellt. Das ist ein dramatischer Moment und bleibt niemanden, der anwesend ist, verborgen. Aber nichts von alledem. Kein Vorbote. Außerdem ist bekannt, dass ein Hämatom ganz überraschend platzen kann, ohne die geringste Ankündigung, selbst unbemerkt im Schlaf, wie hier offensichtlich geschehen."

Busch ließ den Kopf sinken. Die Schrecknisse dieses Morgens liefen durch seine Gedanken. Er hatte Mühe, sich zu konzentrieren und Tränen zurückzuhalten.

„Ich weiß", bestätigte Fichte mild. „Wir haben uns von einem Ihrer Kollegen über das Krankheitsbild aufklären lassen und zusätzlich ausgiebig über Google recherchiert. Entschuldigen Sie, wenn ich weitere Fragen habe."

„Ist schon gut."

„Sie hatten am Vorabend keinen Streit mit Ihrer Lebensgefährtin, oder einen Disput, der sie aufgeregt haben könnte?"

Als Busch diese Frage energisch durch Kopfschütteln abstritt, fuhr Fichte schmunzelnd fort:

„Ich glaube Ihnen ja! Hat jemand angerufen? Auch nicht. Fanden Sie unerfreuliche Post vor, vom Finanzamt zum Beispiel oder ein Knöllchen wegen Falschparkens? Auch nicht! Staunen Sie nicht über die banalen Fragen! Über ein Knöllchen haben sich schon viele PKW Fahrer maßlos aufgeregt."

„Wie albern."

„Für Sie! So ist nur nicht jeder. Eine freudige Überraschung gab es auch nicht?"

Busch lächelte fast gnädig und verneinte auch das:

„Nichts dergleichen. Wir haben zu Abend gegessen. Belegte Brote, wie üblich. Danach haben wir uns unterhalten und Nachrichten im Zweiten gesehen. Wir hatten einen ruhigen und harmonischen Tag hinter uns. Völlig unspektakulär. Eva war im Übrigen so dankbar, wieder zu Hause sein zu dürfen, ein Brief oder Anruf hätte sie niemals aus der Ruhe gebracht."

„Das kann ich gut nachvollziehen. Also nochmals: Bitte keine Empörung ,weil ich so ins Detail gehe. Auch intime Fragen gehören zu meinem Repertoire. Das ist mein Job. Irgendein Anlass könnte das tödliche Ereignis verursacht haben. Irgendetwas, das sie aufgeregt, empört oder über die Maßen erfreut hätte. In diesem Punkt bin ich natürlich auf Ihr Wort angewiesen. Sie waren allein mit ihr."

Busch sah ihn fragend an:

„Würde irgendein Anlass überhaupt eine Rolle spielen? Für einen Anwalt oder Richter? Ihr Tod ist letztlich die Folge des Unfalls. Oder nicht?"

Fichte zuckte mit den Schultern.

„ Das stimmt. Laut Obduktion. Sie würden sich allerdings wundern, auf welche Ideen und Winkelzüge gerade Juristen kommen können. Im Hinterkopf haben diese Leute natürlich auch die Frage, ist dieser Bluterguss im Kopf überhaupt durch den Unfall im Gelände geschehen, oder durch ein früheres oder späteres Ereignis. Wir wissen vorläufig zu wenig. Alles ist also möglich. Die Polizei hat die Aufgabe, Fremdeinwirkung vor Ort nachzuweisen oder auszuschließen. Das müssen Juristen auf jeden Fall geklärt haben. Das ist ja auch ganz entscheidend."

„Ich weiß das und nehme Ihnen Ihre Fragen nicht übel. Ich bin doch selbst sehr an der Aufklärung interessiert. Dennoch fällt es mir unendlich schwer, auf das alles zu antworten. Manches ist eben sehr persönlich. Wir waren ein Paar, nicht lange zwar, aber…doch sehr…der Verlust schmerzt unendlich, und ich…Verstehen Sie das? Auch nur annähernd in den Verdacht zu rücken…"

„Das tun Sie nicht", beteuerte Fichte sofort. „Nicht im Geringsten. Aber fragen muss ich. Wenn unser Beruf auch mit der Zeit abhärtet, wir bleiben trotzdem immer Menschen und wissen, was wir manch einem mit unseren Fragen zumuten", er machte eine kleine Pause, bevor er fortfuhr:

„Wir haben leider nach wie vor keine heiße Spur, der wir nachgehen könnten. Ausgangspunkt ist der Unfall. Schlüssel in diesem Fall wäre die Ursache, wie es dazu kam. Ihre Partnerin hatte leider eine retrograde Amnesie und konnte uns keine Auskunft geben. Ein Zeuge hält sich auffallend zurück. Wir haben den Eindruck, dass er mehr weiß, als er angibt. Den Grund zu diesem merkwürdigen Verhalten kennen wir aber nicht. Dann ist da eine kleine Zwölfjährige, die die Zähne nicht auseinander bekommt. Auch das verstehen wir noch nicht. Ärgerlich nur für den Fall, sollte sie irgendetwas mit der Sache zu tun haben. Wir wissen bis jetzt nicht einmal, ob dieses Kind überhaupt in der Nähe der Reiterin mit ihrem Pferd war."

Er legte eine kleine Pause ein, bevor er fortfuhr:

„Alles sehr fragwürdig für uns. Trotz all dieser Ungereimtheiten heißt das aber noch lange nicht, aufzugeben, die Waffen zu strecken. Oh nein! Seien Sie sicher, wir bohren an allen Ecken weiter, bis wir ein Ergebnis haben. Und wir werden eines bekommen."

23

Rolf Fabian saß am Steuer seines BMW. Er war auf dem Heimweg von der Arbeit. Es war dämmrig. Zäher, dichter Verkehr floss zu dieser vorabendlichen Zeit auf der Aachener Straße stadtauswärts. Eine Baustelle ließ nur eine Fahrbahn zu. Stoßstange an Stoßstange quälte sich vorwärts. Huperei verriet die Ungeduld vieler Fahrer. Weiterzukommen war kaum möglich, nur Schritt für Schritt. Ruhe und Rücksicht waren gefragt. Aber beides wurde auf harte Probe gestellt.

Nebel hing bis tief auf den Boden. Die Fahrbahn vor Rolf Fabian schimmerte silbern. Das feuchte Kopfsteinpflaster spiegelte irritierend das Scheinwerferlicht entgegenkommender Autos wider. Fabian kniff die Augen zusammen, um nicht zu sehr geblendet zu werden. Seine Augen waren schon länger nicht mehr in Ordnung. Vor allem bei Zwielicht hatte er Probleme. Und jetzt noch Nebel und Gegenlicht. Ein Besuch beim Augenarzt war längstens angezeigt. Schon in der nächsten Woche würde er einen Termin ausmachen, nahm er sich vor.

Es fiel ihm schwer, die Spur zu halten. Es ging nicht nur um den stockenden Verkehr, es waren auch die einfließenden Fahrzeuge von der rechten Seite. Diese war kaum einsehbar. Zwischen die Autos mogelten sich Fahrräder und Motorräder in Serpentinen Art hindurch. Einige streiften fast den rechten Seitenspiegel. Neben ihm bimmelte eine Straßenbahn.

„So eine Scheiße!", fluchte er vor sich hin.

Aber er musste dadurch. Er war ungeduldig, wie alle, die unterwegs waren, wie alle, die einen Arbeitstag hinter sich hatten, nach Hause wollten, zu ihren Familien, um den Tag entspannt enden zu lassen.

Ging es ein Stück weiter, gab Fabian Gas, dass der Motor aufheulte. Seine Ungeduld steigerte sich von Minute zu Minute. Er wusste, dass seine Frau auf ihn wartete. Sie hatte Freunde zum Abendessen eingeladen. Nachträglich zu ihrem vierzigsten Geburtstag. Gedanken an zu Hause und an seine Gäste beschäftigten ihn. Zudem erwartete sein kleiner Sohn gewiss wie immer, eine Gutenachtgeschichte vorgelesen zu bekommen. Auch das ging ihm durch den Kopf. Er musste sich noch eine Story ausdenken. Eine mit Tieren bitte. Niemand sollte sie bereits kennen. Jedes Mal sollte es also auch bitte eine andere sein.

Die fehlende Konzentration auf den Verkehr mit den abirrenden Gedanken und seine Ungeduld sollten ihm zum Verhängnis werden. Später gestand er sich ein, weit weg mit seinen Gedanken gewesen zu sein, sehr weit weg. Seine Unachtsamkeit sollte weitreichende Folgen haben.

Die Ampel vor ihm sprang auf Grün.

„Endlich", sagte er noch.

Dann gab er Gas, schoss mit seinem Fahrzeug nach vorne. In seine Freude über ein Stück freie Fahrt hinein erfolgte völlig überraschend der Aufprall. Er war dumpf und heftig und kam aus dem Nichts, aus der Dämmerung heraus. Erschrocken und instinktiv trat Fabian so abrupt auf die Bremse, dass sein Lenkrad ihn wie ein Schuss am Brustkorb traf. Der Wagen rutschte kurz leicht seitwärts und stand dann auf der Stelle. Fabian verharrte wie erstarrt hinter dem Steuer, unfähig zu begreifen. Schonungslos war er aus dem Wirrwarr seiner Gedanken wachgerissen worden. Was war da geschehen? Sein Wagen war aufgeprallt. Auf was? War die Fahrbahn nicht frei gewesen? Natürlich war sie das. Er hatte doch Grün gehabt.

Plötzlich sah er Leute vor seinem Auto zusammenströmen. Sie bückten sich, gestikulierten und schienen ihn anzuschreien. Er hörte viele Stimmen, alle durcheinander. Immer mehr Menschen strömten zusammen. Sie rissen seine Autotür auf, pöbelten ihn an, versuchten, ihn herauszuzerren. Hinter ihm setzte ein Hupkonzert ein.

„Was…", stotterte er.

Jemand schlug ununterbrochen auf ihn ein und schrie:

„Du Dreckschwein! Besoffen, was? Oder Kiffen! Dann über Kinder fahren. Du elendes Arschloch!"

Fabian zog den Kopf ein, versuchte vergeblich, den Schlägen auszuweichen. Benommen ließ er sich vor sein Auto schleifen. Widerstandslos und schwerfällig wie ein alter Mann. Seine bleierne Beine waren kaum fähig, ihn zu tragen. Mit klopfendem Herzen stand er dann vor seinem Wagen, gefolgt von wütenden Schimpfworten der Leute, die um ihn standen.

Dann sah er es. Ein zusammengekrümmtes Kind mit verdrehten Beinen und blutigem Kopf auf dem Pflaster. Der Rock hochgeschlagen. Die Augen weit aufgerissen. Die wirren Haare wie einen Heiligenschein um den Kopf. Blut lief aus dem Mund und bildete eine Pfütze auf dem Pflaster. Das Mädchen rührte sich nicht, gab keinen Laut von sich. Ein Mann drückte unentwegt auf den kleinen Brustkorb und schrie:

„Bitte, atme doch!"

Dann gab der Mann völlig erschöpft auf.

Eine dumpfe Geräuschkulisse von Schreien, Schluchzen und Flüchen schwoll bedrohlich an und drückte schmerzend auf Fabians Ohren. Plötzlich schienen alle hassverzerrten Grimassen doppelt vor seinen Augen zu sein. Dann verschwammen sie, entfernten sich und nahmen ihre Stimmen mit. Es blieb eine Leere ohne Laute, nur mit einem weitentfernten Rauschen. Fabian hörte sich selbst noch aufschreien und merkte, wie er auf das Pflaster knallte. Dann umfing ihn Dunkelheit und ein unbeschreiblicher Schmerz. Er erwachte erst im Krankenwagen.

24

Die junge Frau am offenen Grab des Melaten-Friedhofs sah Eva sehr ähnlich. Das Profil mit der kleinen Nase und der hohen Stirn, die braun gelockten Haare und die leicht vornüber geneigte Haltung. Genau so hatte Eva ausgesehen, sich ebenso gehalten.

Gefühle aller Art durchwühlten Busch, als er da unbemerkt, etwas entfernt von der Trauergesellschaft an einen Baum gelehnt stand. Nie hatte er eine Frau mehr geliebt als Eva. Und doch glaubte er, eine gewisse Mitschuld an ihrem Tod zu haben. Schuld durch Liebe. Wenn es das gab. Dabei war er inzwischen dreiundsechzig Jahre alt und hatte zwei erwachsene Söhne. Da wähnte man das Leben in ruhigen, unspektakulären Bahnen.

Mancher würde diese Liebe zwischen ihm und Eva belächeln, nicht ernst nehmen, vielleicht sogar für geschmacklos halten. Ein alter Mann. Eine alte Frau. Alte sollten ihre Gefühle doch im Griff haben. Liebe hatte im Alter ausgelebt zu sein. Wenn er ehrlich war, hatte er einmal ebenso gedacht. Fünfzigjährige und aufwärts waren alte Leute und wohl bar aller Gefühle. Ohne Begehren. Ohne Sehnsucht nach geliebt zu werden und lieben zu dürfen. Einem elementaren Bestandteil des Lebens, wie er jetzt wusste. Liebe, so ein Quatsch. Das war Sache der Jugend. Alte hatten sich zu beherrschen.

Beziehung! Ein Bekannter hatte mal behauptet, es sei eine Frage der Disziplin, Beziehungen zu beginnen und zu lösen. Wie einfach. Wie weltfremd. Bei ihm war die Liebe zu Eva wie ein Erdrutsch über ihn gekommen. Kein Ausweichen möglich. Beziehungen waren eben keine Rechenaufgabe mit einem Resultat unter dem Strich. Wie arm, der das nicht wusste und nicht erfahren durfte.

Wenn dieser Vollidiot mit seiner überklugen Bemerkung über Disziplin nur ahnen würde, wie selbst im Alter eine Liebe verzaubern, faszinieren und gefangen nehmen konnte. Er hatte es erfahren und erlebt, mit eben der verzehrenden Leidenschaft wie in jungen Jahren. Solange Menschen leben, leben auch ihre Gefühle mit allen Facetten, ob Freude, Schmerz, Hass oder Liebe. Entscheidend war nur, wer wem wann begegnete. Und wie weit man es zuließ.

Mit Eva hatte er eine ungewöhnliche, aber wunderbare Verbindung gehabt. Leidenschaftlich, liebevoll, voller Vertrauen, aber leider viel zu kurz. Nun blieb ihm nur Trauer. Der Verlust schmerzte wie eine riesige, frische, blutende Wunde. Unvorstellbar, dass sie sich eines Tages schließen könnte.

Aber sein Kummer rührte nicht nur vom Tod dieser ungewöhnlichen Frau her, es war auch ein Abschied von einem Lebensabschnitt, einen Abschnitt mit Aktivität, Zielen und dem Streben danach. Es würde in Zukunft ruhiger und weniger aufregend zugehen. Er vermisste schon nach so kurzer Zeit ihre Gesellschaft, die gemeinsamen Ausritte und den Austausch der Gedanken über Politik, das Jenseits oder über banale Themen wie die Zubereitung von Gulasch. Es war das gemeinsame Lachen, Denken und Schweigen.

Das Unwiderrufliche ließ ihn machtlos zurück. Nichts war rückgängig zu machen, nachzuholen, auszugleichen. Keine Frage. Keine Antwort. Kein Kontakt. Stille. Stille in der Luft, die er atmete und drinnen in sich, in seinem Herzen.

Buschs Gedanken marterten ihn. In diesem Moment hätte er ohne Bedauern Abschied von seinem eigenen Leben nehmen können. Vielleicht, so dachte er, schlummerte der Wunsch nach dem Tod, nach dem Ende des Lebens, im Unterbewusstsein eines jedem Menschen. Weil wir hingehen, wo wir herkommen. Weil wir ahnen, wo die eigentliche Heimat ist? Weil wir das Nahen des Später spüren auf dem Höhepunkt des Lebens, wenn auch der Körper es weiß. Weil es sich anschließend nicht mehr zu leben lohnt. Es keine Steigerung mehr geben kann. Im Glück auf dem Gipfel aller Empfindungen die Flügel ausbreiten und sich gleiten lassen, um in unbekannte Hände zu fallen.

Als der Sarg in die Erde sank, raunte er vor sich hin:

„Gute Reise, geliebte Eva!"

In seine Trauer mischte sich auch Selbstmitleid. Über seine nun beginnende Einsamkeit, das verlorene Echo. Über die verlorene Vergangenheit auf seinem langen Weg durchs Leben. Und über die Zukunft ohne Perspektive, dafür mit beängstigender Ungewissheit. Es spielte so vieles eine Rolle. Ihm blieb das Warten. Auf das Unbekannte. Auf das Irgendwann.

„Leb wohl!"

Er würde gerne mit der jungen Frau sprechen, die da trauernd am Grab stand und Eva so ähnlich sah, dass er keinen Zweifel hatte, dass sie die Tochter sein musste. Nicht heute natürlich. Aber eines Tages. Wenn die Zeit es erlaubte. Ob die Tochter überhaupt an diesem ihr unbekannten Lebensabschnitt der Mutter interessiert sein würde, an dem Stück Weg mit einem Mann, von dem sie vermutlich nie gehört hatte, den sie nie gesehen hatte? Es sei denn, die Polizei hatte ihr einen Hinweis auf ihn gegeben.

Würde sie ihn verstehen? Würde sie ihn vielleicht hassen, weil die Mutter eine Zeitlang ihre Liebe zwischen ihr und ihm geteilt hatte? Die Tochter könnte diese Liebesgeschichte mit ganz anderen Augen sehen, als er es tat, als sie war. Jugend war kompromisslos, teilte nicht gerne, erst recht nicht Liebe, egal wer wen liebte. Außerdem fand sie die Liebe zwischen alten Menschen vielleicht unangebracht, geschmacklos, wie er selbst in jungen Jahren es getan hatte.

Alte Leute sollten sich auf ihre Kinder und Enkelkinder konzentrieren, auf ihre Gesundheit achten, dass ihre Pillen nicht ausgingen und der Stock beim Spaziergang nicht vergessen wurde. Sie sollten sich in der Nacht nicht neben die Toilette setzen und Männer sollten den Pimmel in die Schüssel hängen und nicht daneben. Liebe! Blödsinn!

Er wollte auf keinen Fall Evas Andenken beschädigen. Sollte sich eines Tages die Gelegenheit bieten, oder besser gesagt, sollte er den Mut aufbringen, sich bei dieser jungen Frau anzumelden, um zu berichten, um zu beichten, dann würde er wohlüberlegt und mit viel Fingerspitzengefühl vorgehen müssen. Bis zu diesem Zeitpunkt musste er das Erlebte für sich behalten, mit der Erinnerung an eine viel zu kurze, aber dichte Zweisamkeit und der verzehrenden Sehnsucht nach einer Frau, die nicht mehr war.

Er war der Letzte am Grab, mit einer weißen Rose in der Hand. Eva hatte Rosen geliebt. Er hatte den Kragen seines Mantels hochgeschlagen, als wollte er sich verbergen vor den Blicken anderer. Dabei war er gar nicht zu übersehen, groß und aufrecht, wie er da stand. Dazu das weiße, dichte Haar, das er etwas länger trug, und ihm gut stand zu dem hageren Gesicht mit den dichten Brauen über hellblauen, aufmerksamen Augen.

Wie er so gebeugt am Grab stand, sah er nicht, dass sich eine Person aus der Gruppe der Trauergäste löste, sich langsam umdrehte, einen Moment verharrte, um diesen einsamen Mann an dem frischen Grab sekundenlang zu beobachten.

Die Trauergesellschaft löste sich langsam auf und strömte in kleinen Gruppen dem Ausgang des Friedhofsgeländes zu. Busch folgte mit gewissem Abstand, wischte unauffällig über seine Augen und stieg dann in seinen Wagen, der direkt vor dem Ausgang geparkt war.

25

Es kam schlimmer, als Fichte gefürchtet hatte. Aber was sollte er schon erwarten, wenn er Eltern aufsuchte, die soeben ihr Kind durch einen Verkehrsunfall verloren hatten. Swenjas Mutter sprang Fichte wie eine Wildkatze an. Sie schrie unverständliche Anschuldigungen und hämmerte weinend mit den Fäusten auf ihn ein. Sie war völlig außer sich. Es drängte sie offenbar, am Erstbesten ihre Trauer und Aggression loszuwerden, einerlei ob diesen eine Schuld am Tod ihrer Tochter traf oder nicht.

Während Fichtes Begleiter Meschede und die Psychologin Michaelis Fichte hilfegebend zur Seite sprangen, fiel die Erinnerung an Barbara Nohl über ihn her. Auch sie hatte ihn vor Jahren angefallen vor Wut und Schmerz, weil er ihren Sohn als Verdächtigen in einem Tötungsdelikt hatte verhaften lassen. Er hatte Barbara damals beruhigend an sich gezogen und ihren Rücken gestreichelt. Und dann war es passiert. Der blumige Duft ihrer Haare und die körperliche Nähe hatten ihn wie eine Droge betäubt. Was nie hätte passieren dürfen, er hatte sich auf der Stelle in sie verliebt. Ihrer magnetischen Anziehungskraft hatte er nicht wiederstehen können. Eine monatelange Liebschaft war daraus erwachsen, die seine Familie fast zerstört hatte und ihn selbst ebenfalls. Aber das war nun Vergangenheit. Geblieben war ein Hauch von Sehnsucht, als Mosaikstein in seinem Lebensweg. Dergleichen war Fichte weder zuvor und noch danach passiert. Und er wünschte, dass es so blieb.

Endlich gelang es Meschede, Frau Meierbär mit sanfter Gewalt und beruhigenden Worten von Fichte zu trennen und sachte auf einen Sessel zu drücken.

„Alles Okay, Chef?", fragte er besorgt.

„Danke, ja", sagte Fichte matt, in Gedanken immer noch weit weg bei Barbara Nohl. Er atmete auf, strich sein Jackett glatt und trennte sich von seinen Grübeleien.

Frau Meierbär sackte weinend und erschöpft im Sessel in sich zusammen. Die Psychologin setzte sich neben sie und legte wortlos einen Arm um sie.

„Wir müssen reden, Frau Meierbär", begann Fichte nach längerem Schweigen. „Können wir?"

Sie hatten zwei Tote zu beklagen. Aber sie wussten immer noch nicht, ob es überhaupt einen Zusammenhang gab. Zu vermuten war es. Alle Beteiligten oder vermutlichen Zeugen, sofern sie überhaupt an diesem Unfall als bloße Anwesende beteiligt waren, schwiegen oder machten vage, oft widersprüchliche Aussagen. Die verunglückte Reiterin und Swenja zogen sich zur gleichen Zeit Verletzungen zu. Die örtliche und zeitliche Nähe dieser beiden Vorfälle machte natürlich stutzig. Die Reiterin hatte leider, bedingt durch ihre schwere Kopfverletzung, eine Erinnerungslücke. Trotz mancher Befragung konnte sie bis zuletzt nichts zu dem Unfall sagen. Inzwischen war ihre Erinnerungslücke mit ihr beerdigt.

„Ihre Tochter Swenja…", wollte Fichte beginnen, wurde aber sogleich unterbrochen:

„…hat jemand totgefahren. Oh, Gott! Wie konnte das bloß geschehen."

Swenjas Mutter wimmerte leise vor sich hin.

Fichte wartete. Die Trauer dieser Mutter um ihr Kind schnitt ihm ins Herz. Gab es etwas Schlimmeres, als sein Kind zu verlieren? Nur langsam beruhigte sich Frau Meierbär. Fichte ließ ihr Zeit. Erst als sie sich einigermaßen gefasst hatte, räusperte er sich:

„Es tut mir unendlich leid, was da passiert ist. Es gibt keinen Trost. Ich weiß das. Darf ich Ihnen trotzdem jetzt ein paar Fragen stellen? Oder sollen wir später noch einmal bei Ihnen vorbeischauen?"

„Machen Sie nur", sagte sie leise. „Es geht schon. Aber was könnte ich dazu beitragen? Ich war nicht zugegen bei dem Unfall mit der Reiterin. Meine Tochter hat geschwiegen. Meine Tochter... Swenja..." Sie stöhnte und schnaufte lautstark in ihr Taschentuch.

„Ich weiß noch nicht, ob Sie mir einen brauchbaren Hinweis geben können", meinte Fichte. „Ich hoffe es aber. Merkwürdiger Weise war da ein Anrufer. Er hat den Unfall gemeldet, hat ihn also gesehen, will aber nicht mit der Sprache heraus, beziehungsweise gibt auf konkrete Fragen ausweichende Antworten. Jemand sei abgehauen. Jetzt will er davon nichts mehr wissen. Vorläufig haben wir keine Ahnung, warum er sich so verhält oder wer da abgehauen sein soll. Inzwischen kennen wir den Anrufer sogar."

„Und? Was hat er gesagt? Was hat er gesehen?", fragte die Mutter von Swenja und schluchzte auf.

„Gesehen? Das wüssten wir auch gerne. An diesem Punkt sind wir nicht weiter gekommen. Er war zwar Zeuge des Unfalls. Das gibt er zu, stand aber wohl zu entfernt. Das ist auch schon alles. Nichts zur Aufklärung. Jedenfalls kam nichts für uns Verwertbares. Ob da etwa lärmende Personen vor Ort waren oder Reiter auf ihren Pferden in wildem Galopp entgegen geritten kamen. Er sprach von spielenden Kindern…"

„Kinder? Hat er denn von meiner Tochter gesprochen? Ach, Quatsch! Er kannte sie ja nicht."

„Kinder schon, gab er zu. Er konnte aber nicht angeben, wie viele Kinder, welches Alter, ob Jungen oder Mädchen oder beides. Er war einfach ein mieser Beobachter. Allerdings stellen wir immer wieder fest, dass viele Menschen schlecht beobachten, weil sie nicht damit rechnen, das Beobachtete später beschreiben zu müssen. Könnte Swenja dort gewesen sein?"

Frau Meierbär schlug die Hände vors Gesicht und war kaum zu beruhigen. Als sie sich wieder einigermaßen gefasst hatte, sah sie zu ihrem Mann auf, der bisher schweigend da gestanden hatte, als ginge ihn das Ganze nichts an:

„Sag doch auch mal was!"

„Was denn? Sie war ein schwieriges Kind."

Er schüttelte abweisend mit dem Kopf und verhielt sich weiterhin zurückhaltend.

„Swenja? Ich weiß es nicht", meinte seine Frau. „Ich weiß es wirklich nicht. Sie war fast täglich mit ihren Freunden auf Achse. Mal da, mal dort. Aber wenn sie an dem Platz des Unfalls gewesen wäre, wie sollten dieser Unfall mit dem Pferd, ihre eigene Verletzung und dann auch noch ihr Tod zusammenhängen? Das gibt doch keinen Sinn."

Fichte sah es leider auch so. Diese Ungewissheit kratzte an seiner Berufsehre. Er ließ den Blick durchs Zimmer streifen. Seine Ratlosigkeit stand ihm im Gesicht. Er erkannte vorerst kein Licht am Ende des Tunnels. Es war zum Verzweifeln.

„Ich weiß es auch nicht", meinte er resigniert. „Ich habe da allerdings noch eine Bitte."

„Das wäre?"

„Wir würden gerne Swenjas Zimmer besichtigen."

„Wenn Sie wollen, bitte. Weiß zwar nicht, was das bringen soll, aber…"

„Einfach auf gut Glück, Frau Meierbär. Vielleicht fällt mir irgendetwas auf. Mal sehen. Versuchen wir es doch."

Er folgte Frau Meierbär durch den Flur. So ganz nebenher bemerkte sie:

„Meine Tochter ist erpresst worden, hat sie behauptet. Wussten Sie das?"

Erstaunt blieb Fichte stehen und sah Swenjas Mutter neugierig entgegen.

„Was? Nein. Das ist mir völlig neu. Erpresst? Sie war ein Kind. Von wem sollte sie erpresst werden? Vor allem warum?"

Swenjas Mutter zog die Schultern fragend hoch und wischte sich über das tränennasse Gesicht.

„Das weiß ja keiner. Sie hat mir die Erpressung eingestanden. Deswegen ist das doch alles passiert. Sie hatte mir Geld geklaut, um den Erpresser zu befriedigen. Ich hab sie dabei erwischt und zur Rede gestellt. Da hat sie die Sache mit der Erpressung eingestanden. Dass sie dieses Geld jemandem schulde. Und zwar schnell, weil sonst…. Sie wollte mir aber nicht verraten, wer sie erpresst habe und warum. Natürlich auch nicht, was passieren könnte, wenn...Ich war natürlich wütend, weil sie so bockig schien. Ich hab sie nicht nur geschlagen. Das hätte sie weggesteckt. Ich habe auch mit der Strafe durch ihren Vater gedroht. Das war für sie zu viel. Vor ihm hat sie panische Angst. Er kann äußerst hart sein."

„Du spinnst doch", brauste ihr Mann auf.

„Du weißt, dass es stimmt", entgegnete sie mit Bestimmtheit. „Jedenfalls war das der entscheidende Moment für sie auszurasten. Wie eine Furie ist sie aus dem Haus gerannt, in blanker Panik. Sie hatte immer Angst vor seinen Strafen. Ich habe noch versucht, sie zurückzuhalten. Ich habe hinter ihr hergerufen und geschrien. Aber umsonst. Die Furcht vor ihm war stärker und hat sie kopflos..."

„Ist doch Blödsinn!", giftete ihr Mann.

„Ist es nicht. Du hast sie oft fast brutal dazwischen genommen. Hast zugeschlagen oder sie eingesperrt. Viel zu hart warst du. Weißt du doch selbst."

Sie ging aggressiv auf ihren Mann zu. Es sah aus, als wolle sie ihn schlagen. Aber Frau Michaelis hielt sie sanft zurück. Frau Meierbär ließ sich widerstandslos einfangen und wandte sich wieder Fichte zu.

„Ja, so war das. Sie geriet in Panik und ist getürmt. Und dann...Sie wissen ja. Da ist sie..."

Weinend brach sie ab. Frau Michaelis nahm sie in den Arm und strich ihr beruhigend über den Rücken. Fichte wartete eine Weile, bis sie sich beruhigt hatte. Er war überaus dankbar, bei diesem schwierigen Gespräch nicht alleine gewesen zu sein, sondern professionelle Hilfe an der Seite gehabt zu haben.

„Ich denke, wir brechen für heute ab und vertagen uns auf morgen oder übermorgen", meinte er freundlich. „Ich danke Ihnen ganz herzlich, dass Sie trotz der schweren Stunden uns zur Verfügung standen. Ich wünsche Ihnen von ganzem Herzen Kraft und Stärke für die nächste Zeit. Dass Sie Ihr Leid ertragen lernen. Und wenn Sie Hilfe brauchen, rufen Sie uns an. Es wird immer jemand von uns für Sie da sein. Sie sind nicht alleine. Danke nochmals."

26

Sie saßen auf einer sonnenbeschienenden Bank im Stadtwald. Fichte genoss diese kleine Ruhepause, deren er sich wenige gönnte. Er hatte den Arm um seine Frau Julia gelegt und hing seinen Gedanken nach, die ausnahmsweise um Urlaub kreisten und nicht um unerledigte Fälle. Auf dem Reitweg unmittelbar vor ihnen galoppierte in gemäßigtem Tempo eine Reitergruppe vorbei. Die Reiter saßen im leichten Sitz und ließen den Pferden Raum für ihr Tempo. Es sah so locker und friedlich aus. Die Hufe lösten ein dumpfes, klopfendes Geräusch aus, gepaart mit dem Schnauben der Pferde. In diesem Moment fiel Fichte der Spruch ein: Das Glück dieser Erde ist auf dem Rücken der Pferde. Er erahnte, dass dies ein Wahrspruch war.

Julia sah dem Reitertrupp nach und klopfte den aufgewirbelten Sand von ihrem Schoß.

„War das nicht wunderschön?", fragte sie. „Ich gäbe was darum, dabei sein zu dürfen. Du nicht auch?"

„Doch, ich dachte genau das."

„Und?"

„Na, willst du noch mit Reiten beginnen? Dann hätten wir früher darauf kommen müssen."

„Ja, ich weiß. War nur so ein Gedanke. Aber der Pulk erinnert mich an deinen mysteriösen Fall mit dem Pferd. Bist du ein Stück weiter gekommen?", fragte sie.

„Ein wenig. Nicht zufriedenstellend. Nehme also gerne Denkanstöße entgegen. Fällt dir was ein?"

„Ja, vielleicht."

„Ich höre!", er lächelte sie von der Seite an.

Sie lehnte sich an ihn. Wie liebte er diese Geste des Zusammengehörens, die Wärme ihres Körpers. Julia war für ihn die Quelle der Ruhe und des Entspannens. Er verdankte ihr seine Kraft und das Durchhaltevermögen, wenn es in seinem Beruf schwierig wurde.

Das Gefühl, sich gegenseitig Halt zu sein, eine Einheit zu bilden, machte ihn still und zufrieden und erfüllte ihn mit Demut. Sie waren nicht nur er und sie, natürlich das auch, aber sie waren wir. Zusammengewachsen zu einer Einheit. Diese Zweisamkeit hatte er leichtsinnigerweise vor Jahren aufs Spiel gesetzt durch die Affäre mit Barbara Nohl. Umso glücklicher machte es ihn, Julia nicht verloren zu haben, und zu wissen, dass er trotz seiner Unzulänglichkeit es wert war, geliebt zu werden.

„Und? Was fällt dir ein?", erinnerte er sie sanft und küsste ihre Wange.

„Du hast gesagt, das Kind sei mitten oben auf dem Kopf verletzt gewesen."

„Ja, stimmt. Und was schließt du daraus?"

„Kein Sturz sieht so aus, wie du bestätigt hast. Es hat ihr also jemand einen übergebraten. Es waren doch mehrere Kinder vor Ort. Richtig?"

„Genau."

„Also kann man von Freundschaften zwischen den Jugendlichen ausgehen. Die wiederum zu Streitigkeiten oder zu Handgreiflichkeiten führen können. Das kommt doch überall vor. Vielleicht hat einer der Jungens das besagte Mädchen spontan geküsst und der eigentliche Freund ist ausgerastet und hat ihr eine drauf gegeben."

„Dann verhaut er doch den Freund, der sich da vergriffen hat, nicht das Mädchen."

„Stimmt. Aber sie könnte in den fremden Armen erfreut stillgehalten und ihren Freund damit provoziert haben."

„Ja, könnte! Aber unwahrscheinlich."

„Dann andersherum. Die Kleine hat spontan einen Jungen gekrallt, umarmt oder sogar geküsst, dann…"

„Schon besser. So könnte es gewesen sein. Wir haben also zwei Möglichkeiten, eine davon unwahrscheinlich, aber nicht ausgeschlossen. So weit, so gut. Wie kriegen wir den Reitunfall damit in Verbindung? Das ist ja der eigentliche Knackpunkt. Das Mädchen scheint zwar eine zentrale Rolle zu spielen. Aber welche? Oder beiße ich mich fest?"

Julia sah ihren Mann mit undefinierbaren Blick an:

„Möglich wäre das. Manchmal bist du einfach verbissen, oder freundlich ausgedrückt, sehr hartnäckig. Gefällt dir besser, nicht wahr?"

„Gebe ich zu", lachte Fichte.

„ In diesem Fall könnten auch zwei Unfälle zeitgleich passiert sein, allerdings unabhängig voneinander."

„Dritte Möglichkeit", stellte Fichte trocken fest. „Aber da hast du etwas vergessen. Die Spurensuche hat unter anderem einen Ast aufgegriffen, an dem Blut klebte und…"

Er stockte. Warum hatte er gar nicht nachgehackt? Das war ihm ganz entgangen. Plötzlich kam ihm ein Verdacht. Diesem Knüppel musste er mal ganz genau nachgehen. Warum dieser Ast und kein anderer? Da lagen doch viele Knüppel herum. Warum die anderen nicht? Blut? Nur an einem? Von wem stammte das? Konnte natürlich von einem verletzten Tier herrühren. Am wahrscheinlichsten. Aber wenn nicht? Ja, wie konnte ihm das nur entfallen sein! Wenn das Blut von einem…Dann…

„Du hast einen Einfall", lächelte Julia. „Ich sehe es deinen Augen an. Wenn sie so funkelnd aufleuchten, bist du für einen, der dich nicht kennt, zum Fürchten."

27

Herr Meierbär öffnete die Tür und war keineswegs über den erneuten Besuch des Kommissars und seines Begleiters erfreut.

„Kommen Sie rein", knurrte er. „Meine Frau hängt Wäsche auf dem Balkon auf. Sie kommt gleich."

Fichte und seine Begleitung folgten ihm ins Innere, nahmen Platz und warteten auf Frau Meierbär. Es dauerte nicht lange.

„Aha", sagte sie, als sie die Beamten sah. Sie strich ihren Rock glatt und setzte sich den Besuchern gegenüber. Sie war gefasster als das letzte Mal. Fichte registrierte es mit Erleichterung. Die Befragung einer weinenden Frau, die soeben ihr Kind verloren hatte, ging ganz einfach unter die Haut und war nicht ohne weiteres wegzustecken. So eine Begegnung schwirrte stundenlang durch die Gedanken und ließ einen nicht los.

„Noch Fragen?", meinte sie ruhig und lehnte sich zurück.

„So ist es", meinte Fichte seufzend. „Wir interessieren uns für die Freunde Ihrer Tochter. Sie sind wichtige Zeugen. Und wir möchten alle befragen. Können Sie uns Namen und wenn möglich auch Anschriften aller geben, die Ihnen einfallen?"

„Was erhoffen Sie sich denn von diesen Kindern?", mischte sich der Vater ein. „Sie ahnen nicht, was das für eine Horde ist. Keiner von denen wird für Sie eine Hilfe sein. Alles, was sie von sich geben, ist doch Geschwätz aus Kindermund, einfach Müll und wird keinen Richter interessieren."

„Ich denke, Sie irren sich. Kinder können durchaus Verwertbares zu einem Fall aussagen. Ich weiß, wie Kinder sein können. Störrisch, abweisend oder auch kindisch."

„Eben!"

„Aber ich weiß auch, dass sie sehr vernünftig sein können. In jedem Alter. Wenn man sie ernst nimmt und sie spüren, dass etwas Tragisches aufzuklären gilt, dass man sie braucht. Es macht sie stolz, als Partner von Erwachsenen anerkannt zu werden, gebraucht und gehört zu werden. Wichtig zu sein."

„Wenn Sie meinen", kam es resigniert zurück.

Fichte wandte sich wieder Swenjas Mutter zu und wartete auf eine Antwort.

„Und?", fragte er freundlich.

„Anschriften hab nicht, Namen schon, wenn auch nicht alle."

Bei ihrer Antwort sah sie den Kommissar erwartungsvoll an. Es schien ihr einen Herzensangelegenheit zu sein, Licht in das Dunkel zu bringen.

„Das wäre schon eine große Hilfe", nickte Fichte. „Wir haben vor, jeden einzelnen aufzusuchen, um herauszubekommen, wer an dem Tag des Unfalls vor Ort war und was er gesehen hat. Dabei wird mit Sicherheit etwas herauskommen."

Frau Meierbär kniff die Augen zusammen und kramte in ihrem Gedächtnis. Man sah ihr Konzentration und Mühe an. Dann sah sie auf und in ihrem Blick lag etwas von Freude. Sie nannte Namen: Hans, Viktor, Ella und nach längerem Zögern noch Conny. Das war es aber auch. Doch plötzlich fiel ihr ein:

„Sie hat oft von einem Rüdiger gesprochen. Er sei ein netter Junge, so etwas wie ein Freund. Er helfe ihr wenn nötig aus der Patsche. Welcher Patsche, wollte ich wissen. Ach nur so, meinte sie. Aber auf ihn sei Verlass. Um das zu bestätigen, hatte sie auffallend deutlich mit dem Kopf genickt und mehrmals bestätigt: Ja so ist das."

„Das ist schon mal ein wichtiger Hinweis", erklärte Fichte hocherfreut. „Damit lässt sich was anfangen. Weitere fallen Ihnen nicht ein?"

„Bedaure, nein. Vielleicht erfahren Sie in der Schule mehr. Oder durch die Kinder selbst. Ebenso wie die Anschriften."

„Das ist ein guter Gedanke."

„Ich glaube, die Kinder waren nicht alle in einer Klasse, aber alle in der Gemeinschaftsschule von Müngersdorf."

28

Die Spurensucher saßen vor Florian Fichte. Sie gaben sich auffallend selbstsicher vor Fichte und warteten, dass sich ihr Chef sozusagen hörbereit zeigte. Die Männer waren zu dritt gekommen und hatten nicht versäumt zu bemerken, dass sie Neuigkeiten hätten.

„Dann schießt mal los!", meinte Fichte gutgelaunt und gespannt. Neuigkeiten hatten die Männer gesagt. Das klang gut. Es schien vorwärts zu gehen. „Am meisten interessiert mich dieser Ast. Warum ausgerechnet dieser und nicht die anderen? Es lagen doch genug herum."

„Da sind wir schon an einem ganz wesentlichen Punkt", erklärte einer der Männer grinsend. „Es stimmt, viele Äste lagen vor Ort. Wir haben alle inspiziert und in der Hand gehabt. Fast alle waren morsch und zerbrachen schon beim bloßen Ansehen. Oder sie waren dünn wie Regenwürmer."

„Aha! Und die Blutspuren?"

„Waren nicht an denen, die sowieso uninteressant waren. An denen haftete nur Dreck und Vogelschiss, sonst nichts."

„So! Wenn ihr jetzt mal bitte auf den Punkt kommt. Was war mit dem besagten Holzstück?"

Fichte wurde nervös. Die Spannung nahm ihn immer mehr in Beschlag.

„Erstens war er stabil", war die Antwort. „Dieser Ast war überhaupt der Einzige, der in Frage kam. Er war viel dicker als alle anderen, frischer, irgendwie saftig, wahrscheinlich noch nicht lange vom Baum abgebrochen, ob durch Sturm oder Menschenhand. Egal. Er war jedenfalls kräftig genug, einen Menschen erheblich zu verletzten. Ich möchte ihn nicht auf den Schädel bekommen."

„Aha. Und weiter?"

Die Männer schwiegen und grinsten:

„Wir haben noch etwas entdeckt!"

29

Der Schuldirektor der Gemeinschaftsschule zeigte sich erstaunt und nicht begeistert von dem Anliegen der beiden Polizisten. Er war ein hagerer, mittelalter Herr mit großer Stirnglatze und blassblauen, misstrauischen Augen. Er verbeugte sich leicht, ob aus Höflichkeit oder Arroganz, mochte Fichte nicht deuten. Fichte und sein Kollege nahmen Platz an dem großen Tisch des Konferenzzimmers. Der Direktor nahm ihnen gegenüber Platz und eröffnete das Gespräch:

„Sie wollen Namen und Anschriften von Schülern haben. Ist das Anliegen vom Datenschutz gedeckt?"

„Ja! In unserem Fall. Hier liegt ein höheres Interesse vor."

„Jeder könnte ja unter einem Vorwand nach den Anschriften der Jugendlichen fragen. Damit öffnen wir die Möglichkeit, diejenigen zu belästigen, auszuspionieren, in ein Haus einzusteigen…"

„Na, hören Sie auf!", unterbrach ihn Fichte halb lachend, halb empört. „Machen wir so einen unprofessionellen Eindruck? Haben wir uns nicht ausgewiesen?"

Der Direktor bekam einen roten Kopf und wehrte sogleich ab:

„Nein! Um Gottes Willen. Ich will Ihnen keineswegs etwas unterstellen oder auch nur annehmen… Nein, wirklich…Aber Sie könnten… Wenn Sie es drauf anlegten."

Fichte nickte bejahend und belustigt:

„Könnten: Ja. Tun: Nein. Vielleicht einigen wir uns so."

Die Männer lachten daraufhin entspannt auf, selbst der strenge Direktor, dessen Gesichtsmuskeln allerdings ein wenig verkrampft wirkten.

„Gerne. Ich wollte doch nicht…", meinte er entschuldigend.

„Schon gut", unterbrach ihn Fichte. „Sie tun Ihre Pflicht, wie wir die unsrige. Wir sind Polizisten und kennen unsere Möglichkeiten und Grenzen. Natürlich kommen wir nicht immer gut bei den Leuten an. Manchem müssen wir mit unseren Fragen richtig auf den Pelz rücken. Aber wir bewegen uns ausschließlich im Erlaubten. Unsere Kompetenzen werden von oben herab abgesegnet."

„Das heißt?"

„Wir lassen uns in einem Fall wie diesem eine richterliche Absicherung geben. Ganz offiziell."

„Aha! Und die haben Sie außer Ihrem Ausweis auch dabei?"

„Natürlich."

Fichte schob das Dokument über den Tisch. Der Direktor nahm es entgegen, ohne einen Blick darauf zu werfen. Vielleicht war ihm sein Misstrauen nun peinlich.

Fichte schmunzelte in sich hinein und meinte:

„Es geht hier um die Aufklärung eines Unfalls, der eventuell gar kein Unfall war, sondern ein gezielter Anschlag. In der Folge haben wir zwei Tote zu beklagen. Das Geschehen bedarf selbstverständlich der Aufklärung und hat dem Gericht gereicht, uns zu ermächtigen, den Fall zu lösen. Wir dürfen befragen, durchsuchen, wenn nötig Türen aufbrechen oder aufsprengen und eventuell sogar Personen festnehmen. Das geht aus unserer Ermächtigung hervor. Lesen Sie nur."

Der Direktor rückte mit seinem Stuhl zurück. Seine Miene wirkte eingefroren. Wahrscheinlich fühlte er sich hilflos und ausgeliefert nach Fichtes Worten. Weil er der Kompetenz des Kommissars ja nichts entgegen zu setzen hatte.

Fichte lehnte sich gemächlich zurück und wartete. Er kannte das ihm zunächst entgegengebrachte Misstrauen, das nach Lesen des Schriftstücks meistens in Freundlichkeit oder besser gesagt in Resignation überging, weil man sich machtlos einer höheren Gewalt ausgeliefert fühlte. So war es auch jetzt.

Der Direktor hatte die Brille aufgesetzt, gelesen und noch einmal gelesen, die Brille wieder abgenommen, den Kommissar mit leerem Blick angesehen und dann fast ergeben gemeint:

„Ja, wenn das so ist."

30

Rüdiger war ein schlaksiger Junge mit zu langen Beinen und zu großen Händen. Die rötlich blonden Haare schienen farblich genau abgestimmt zu sein zu den langen Wimpern und den etwas dürftigen Brauen. Er machte einen ruhigen Eindruck und war wenig beeindruckt von den zwei Beamten, die seinetwegen diesen Besuch angekündigt hatten.

Natürlich wusste er, warum sie gekommen waren. Schließlich war Swenjas Tod das Gespräch Nummer eins in der Schule, auf dem Weg dorthin oder von da nach Hause. Auch wenn sich ihre Clique nach dem Unfall getroffen hatte, war von nichts anderem die Rede. Es ging seitdem ruhiger bei ihnen zu. Keine Blödeleien, kein Streit, keine Rüpeleien. Es herrschte eine große Niedergeschlagenheit. Zum ersten Mal hatte der Tod direkt unter ihnen eingeschlagen und eine von ihnen aus der Mitte gerissen.

„Möchten Sie etwas trinken?", fragte Rüdigers Mutter. Sie stand mit Gläsern und Sprudel bereit. Ihre Haltung war fragend und fast untertänig. Die Angst um ihren Sohn stand ihr im Gesicht.

„Danke vielmals. Sprudel? Ja gerne", antwortete Fichte freundlich.

„Und darf ich überhaupt bleiben?", meinte sie kleinlaut.

„Natürlich können Sie bleiben und zuhören. Die Fragen richten wir allerdings nur an Ihren Sohn. Und Sie sollten sich nicht einmischen."

„Verstehe!"

Fichte nahm Flasche und Gläser entgegen und goss sich und seinem Kollegen ein. Dann wandte er sich dem Jungen zu:

„Du weißt, warum wir gekommen sind", begann er das Gespräch.

Rüdiger nickte.

„Wir haben viele Fragen. Und ich hoffe, du kannst sie wenigstens teilweise beantworten."

Fichte sah erwartungsvoll dem jungen Mann in die Augen. Er war sich nicht sicher, ob Rüdiger kooperativ sein würde. Der Junge wirkte verschlossen und abweisend. Aber versuchen musste er es.

„Du warst mit Swenja befreundet, hat man uns gesagt. Richtig?"

„Ich hab den Mädchen in unserer Gruppe ein wenig beigestanden, wenn die Jungens zu rau waren. Das war alles."

„Aha. Es kam also schon mal zu Spannungen unter euch."

Rüdiger zog eine Flappe:

„Ja, ist doch normal."

„Warum habt ihr überhaupt Mädchen in eurer Clique? Stören die nicht?"

„Gar nicht. Sie sind oft sogar sehr nützlich."

„Nützlich? Inwiefern?"

Rüdiger zuckte die Achseln und druckste ein wenig herum.

„Na ja. Sie sind wendiger und kapieren schnell. Sie bekommen auch Vertrauen entgegen gebracht. Jungens sind doch in den Augen Erwachsener einfach nur Rüpel und blöde Jugendliche mit nichts als Mist im Kopf."

Fichte lachte auf. Rüdiger sah ihn teilnahmslos aus blass grünen Augen an. Er lachte nicht mit.

„Stand Swenja als Mädchen etwas außerhalb eurer Clique?"

„Nein, im Gegenteil."

„Sie war also ein Kumpel, kann man so sagen."

„Kann man", kam es trocken zurück.

„Keinen Ärger?"

„Nicht wirklich."

„Und unwirklich?"

„Na ja. Es gab immer mal Streit oder so."

„Was muss ich mir unter - oder so - vorstellen? Vielleicht erzählst du einfach mal, was ihr so gemacht habt, wer mit wem befreundet war und wer es nicht so gut mit anderen konnte."

Der Junge schwieg eine Weile, bis er etwas ärgerlich fragte:

„Warum interessiert Sie der ganze Dreck unter Jugendlichen?"

Fichte sah die Nervosität, die den Jungen befiel. Erwachsene konnten Emotionen schon schlecht vertuschen, junge Leute noch viel weniger. Das Kaschieren von Gemütsbewegungen lehrte das Leben erst im Laufe der Zeit.

„Du weißt, was passiert ist" meinte Fichte so neutral wie möglich. „Nicht nur Swenja ist tot. Auch die Reiterin ist verstorben, die im Stadtwald vom Pferd gestürzt ist. Du weißt ebenso, dass Swenja am Kopf verletzt wurde. Wir müssen unbedingt wissen, wer das getan hat, und warum. Einen anderen anzugreifen und zu verletzen ist strafbar. Egal, ob es einen Grund gibt oder nicht."

„Weiß ich." Das klang gelangweilt.

„Und?"

Rüdiger zuckte nichtwissend mit den Schultern. Fichte leicht ungehalten:

„Hast du nichts gesehen? Nein? Komisch. Sie wurde erpresst. Wir wissen nicht von wem und nicht warum. Weißt du das auch nicht?"

Der Junge schwieg. Er verschränkte die Arme vor der Brust, hieß so viel wie: Fragt, was ihr wollt, ich halte das Maul.

„Um das alles heraus zu finden, sind wir hier. Wir wollen den Unfall aufklären. Wir müssen es. Uns sind zwei Tote nicht egal. Warum stürzte die Reiterin von einem angeblich bombensicheren Pferd. Warum wurde Swenja verletzt und von wem. Wer hat sie erpresst und warum. Freunde sprechen miteinander. Freunde vertrauen sich und teilen sich mit. Wenn du mit ihr befreundet warst, wird sie doch mit dir geredet haben. Irgendetwas musst du ja wissen."

„Muss ich?", kam es brummig zurück.

Fichte eine Nuance lauter:

„Du warst doch vor Ort. Aha, wie ich deinem Nicken entnehme, leugnest du das wenigstens nicht. Ich glaube dir einfach nicht, dass du nichts gesehen hast, dass du nichts weißt. Wenn du etwas verheimlichen solltest, machst du dich strafbar. Das ist Vereitelung polizeilicher Ermittlung."

„Ich bin noch straffrei", kam es rotzfrech zurück.

„Rüdiger, mach dich nicht lächerlich!", rief die Mutter ihm zu.

Bisher hatte sie schweigend etwas abseits gesessen und nur zugehört. So, wie Fichte ihr geraten hatte. Spontan war ihr aber der Einwurf über die Lippen gekommen. Fichte nickte ihr verzeihend zu und wandte sich wieder dem Jungen zu:

„Du als ein Freund musst doch auch an der Aufklärung interessiert sein. Oder willst du einer toten Freundin nicht das Recht einräumen, dass derjenige gefasst wird, der sie verletzt und anschließend erpresst hat. Der sie vielleicht durch die Erpressung in den Tot getrieben hat."

Es dauerte eine Weile, bis Rüdiger gestand:

„Das war ja nicht ein und derselbe."

Ein Ruck ging durch Fichte.

„Aha! Es gibt also zwei Beteiligte? Was hat Swenja denn getan, dass man ihr zuerst mit dem Knüppel den Kopf fast einschlägt und ein anderer sie dann noch erpresst? Sie war zwölf, ein Kind!"

„Ja und? Sie war mit allen Wassern gewaschen. Überhaupt kein Unschuldslamm. Wenn Sie verstehen, was ich meine."

„Tu ich!", nickte Fichte nüchtern. „Wenn sie also nicht ohne war, wird sie auch Feinde gehabt haben, selbst in einer Clique wie eurer."

„Klar! So ist es."

„Aha! Wer kommt da in Frage? Mit wem stand sie quer? Hat sie Anlass zu Streit gegeben, und mit was? Sag bitte, was du weißt!"

„Ich petze nicht. Das sind meine Freunde. Swenja ist tot und wird nicht wieder lebendig. Auch nicht, wenn ich etwas daherrede. Ich sehe also keinen Sinn in dem ganzen Scheiß."

„Scheiß, nennst du das?" Fichte war zornig. „Erledigt. Vorbei. Tot, ja und? Geht das so bei euch zu? Hat vielleicht einer von euch so etwas wie eine Ehre, ein Herz im Leib? Weißt du überhaupt, was das ist?"

Fichte schlug mit der flachen Hand auf den Tisch. In seinem Zorn über diese jugendliche Abgebrühtheit war er dunkelrot angelaufen.

Rüdiger war abwechselnd blass und rot geworden. Fichtes Worte waren angekommen und hatten ihn zutiefst getroffen. Also doch ein Seelenleben, eine Art von Ganovenehre, stellte Fichte erleichtert fest. Keine pure Verrohung.

Jetzt ruhig bleiben, sagte sich Fichte, keine Verärgerung zeigen. Er wusste, er war jetzt nah dran. Wenn auch nicht nah genug. Vielleicht löste die Anspielung auf Ehre und Herz seine Zunge.

Aber es kam nichts. Rüdiger zog sich total in sich zurück. Die zusammengekniffenen Brauen und die schmalen Lippen sprachen deutlicher als Worte. Fichte kam nicht weiter. Er hatte es plötzlich satt, sich an einem störrischen Kerl mit roten Haaren die Zähne auszubeißen. Sollte doch die Psychologin ihn dazwischen nehmen. Ihre Engelsgeduld fehlte ihm.

Voller Frust machte auch er innerlich zu und stand auf. Er gab seinem Kollegen das Zeichen zum Gehen. Wortlos ging er auf die Tür zu, drehte sich aber vorm Hinausgehen noch einmal um und sagte mit Bitternis in der Stimme:

„Weißt du, was ich von einer Freundschaft halte, bei der man zum Tod eines Mädchens, Mitglieds einer engen Clique, eines Freundeskreises schweigt, den Täter oder die Täter deckt und somit ohne Worte sagt: Schwamm über die Sache. Weißt du, was ich davon halte? Auf eine solche Freundschaft scheiße ich!"

Nicht ohne einen verächtlichen Blick und einer wegwerfenden Handbewegung in die Luft ging er zur Tür. Hinter sich hörte er kaum vernehmbar:

„Wenn Sie mich nicht verraten, kann ich Ihnen vielleicht helfen."

31

„Moment!", posaunte Fichte, schob die Akten auf seinem Schreibtisch vor sich beiseite und trommelte mit den Fingern auf der Platte. Er war nicht in bester Stimmung. Es ging einfach nicht weiter, was die Aufklärung dieses verdammten Reitunfalls betraf. Und er konnte kaum glauben, dass die Kollegen von der Spurensuche nun Licht ins Dunkel bringen könnten.

Die drei jungen Kollegen ließen sich von Fichtes mieser Stimmung nicht vergraulen. Sie nahmen selbstbewusst auf den angebotenen Stühlen Platz und warteten auf ein Zeichen des Kommissars, reden zu dürfen.

„Ich höre!", brummte Fichte und dachte, es kommt ja doch wieder nichts und nichts heraus."

„Sie wissen", begann einer der jungen Kollegen, „wir haben die Äste sortiert und einen Ast besonders unter die Lupe genommen."

„Weiß ich!", murrte Fichte. Soweit waren wir ja nun schon einige Tage, dachte er.

„Wir haben die Blutspuren eindeutig identifiziert. Sie stammen nicht von einem Tier".

„Aha! Nicht?" Fichte hatte den Kopf hochgerissen. „Nicht von einem Tier? Von einem Menschen also?"

„Von dem verunglückten Kind."

Fichtes Interesse leuchtete auf. Seine Augen begangen zu funkeln.

„Nein! Ich fasse es nicht! Seid Ihr absolut sicher?"

Kommissar Fichte reckte sich und steckte plötzlich kein bisschen mehr in mieser Stimmung.

„Ja. Sie hatten bei dem Besuch im Haus der Eltern vorsorglich doch Zahnbürste und Kamm von dem Kind an sich genommen. Außerdem gibt es ein blutverdrecktes Taschentuch aus der Praxis von dem Doktor. Es besteht kein Irrtum. Die Analysen stimmen überein."

„Hört sich fantastisch an. Passt ja zu dem Vorgang, soweit wir ihn bisher kennen oder besser gesagt erahnt haben. Weiteres?"

„Oh ja!", kam es gedehnt zurück. „Wir konnten an dem Ast DNA Material sichern, sowie Fingerabdrücke."

Fichte verstummte vor Anspannung. Auf einmal kam ein Leuchten in seine Augen, als hätte man kleine Lichter angezündet.

„Aha! Ihr seid ja super! Wen darf ich zuerst küssen? War ein Scherz. Keine Angst! Jetzt wird es endlich interessant. Habt ihr das Material verglichen? Konntet ihr es jemanden zuordnen?"

„Nein, leider kein Treffer. In der Datendatei fand sich nichts. Also kein Vorbestrafter, kein Verbrecher, der im Register zu finden gewesen wäre. Wir haben die ganze Litanei mehrmals durchlaufen lassen. Nichts. Aber jetzt werden Sie staunen. Interessanter Weise wurde ein ganzer Handabdruck entdeckt."

„Ihr habt was? Ich kann es nicht glauben!"

Fichte lachte laut auf und schlug sich vor Begeisterung mit der Hand auf den Schenkel. Sein Puls schnellte vor Freude in die Höhe.

„Ja. Wir konnten eine Handfläche fast komplett herausarbeiten und können eigentlich davon ausgehen, sie gehört keinem Kind. Sie war zu groß. Ein Erwachsener muss im Spiel gewesen sein.

Wir gehen sogar noch weiter: Der Abdruck passt nur zu einem Mann."

Fichte sog die Luft hörbar an und stieß sie geräuschvoll aus.

„Es ist also davon auszugehen, dass kein Kind den Schlag auf Swenja ausgeführt hat, sondern ein Erwachsener und zwar mit diesem besagten Ast. Nicht wahr?"

„Genau."

„Bloß warum? Was mag das Kind denn gemacht haben? Es bleibt nach wie vor die Frage, haben beide Angelegenheiten, also der Reitunfall und die Verletzung dieses Mädchens überhaupt etwas miteinander zu tun, oder sind es zwei verschiedene Ereignisse, nur dummerweise zu etwa gleicher Zeit und auch in örtlicher Nähe geschehen. Noch sehe ich keinen zwingenden Zusammenhang; obschon der besagte Ast an der Stelle des Unfalls gefunden wurde."

Die Männer schwiegen. Wenn Fichte keine Erklärung fand, wie sollten sie es denn tun. Sie sammelten nur Material. Fichte hatte anschließend zu kombinieren, Schlüsse daraus zu ziehen und dementsprechend vorzugehen.

Fichte schwieg eine Weile und drehte gedankenverloren den Kuli zwischen Daumen und Zeigefinger. Dann räusperte er sich:

„Wir haben bisher nur einen einzigen Erwachsenen, der im Zusammenhang mit dem Unfall in Erscheinung getreten ist. Wolfgang Baum. Halten wir uns zunächst an ihn. Die Spuren am Ast müssen mit seiner Hand und seinen Fingern verglichen werden. Ich habt gesagt, ihr konntet vom dem Ast auch DNA Material gewinnen?"

„Natürlich."

„Sehr gut! Ein Treffer wäre dann ein sicherer Hinweis auf ihn. Außerdem steht da noch die Untersuchung der Erdspuren unter seinen Sportschuhen aus. Sollten die übereinstimmen mit den Bodenproben von dem Reitweg, auf dem sich der Unfall ereignete, sind wir einen Riesenschritt weiter. Dann war er nachweislich am Unfallort, hat den Ast in der Hand gehabt und dem Mädchen eine übergebraten. Wenn, wenn. Und immer noch: Warum?"

Die Kollegen grinsten ein wenig verlegen. Fichte bemerkte es:

„Und? Noch was?"

„Wir könnten ja eine erweiterte DNA Analyse veranlassen, eine Phänotypisierung mit Haarfarbe, Augenfarbe…"

„Moment!" unterbrach Fichte ihn. „Wir wissen, diese DNA ist zwar seit kurzem erlaubt, sollte aber bei der Suche nach einem unbekanntem Täter veranlasst werden. Hier haben wir ja einen Verdächtigen und müssen auch so zum Ziel kommen. Und wir werden es. Es sieht im Moment doch nicht schlecht aus. Eure Arbeit hat uns nun einen Riesenschritt nach vorne gebracht. Wir sind kurz davor, das Lasso zu werfen. Dann ziehen wir die Schlinge um den Hals des Opfers, beziehungsweise des Verdächtigen zu. Oder?"

32

Hans war nicht zuhause. Fichte sah etwas ungehalten auf seine Uhr. Sollte er mit seinem Kollegen Meschede trotz vereinbartem Termin umsonst vor den Eltern von Hans stehen? Das Ehepaar wand sich vor Verlegenheit. Sie wirkten zudem eingeschüchtert durch die beiden Beamten und rangen die Hände.

Fichte begann sofort:

„Wir hatten uns angekündigt und auch sehr deutlich zum Ausdruck gebracht, dass es um Ihr Früchtchen geht, um Ihren Sohn Hans."

Hinter der Brille blitzten Fichtes Augen unwillig auf. Er setzte sich erst gar nicht auf den angebotenen Stuhl, sondern blieb verärgert stehen.

„Es tut mir leid. Bis eben war er in seinem Zimmer", entschuldigte sich der Vater untertänig. „Er muss das Haus also kurz vor Ihrem Besuch unbemerkt verlassen haben. Er hat eine Sporttasche mitgenommen. Wahrscheinlich mit Klamotten. Uns gegenüber hat er kein Wort verloren. Wir wissen nicht, wo er sich aufhält und wann er zurückkommt. Wir sind genauso überrascht und verärgert wie Sie. Und wir machen uns Sorgen."

Fichte schüttelte den Kopf:

„Mein Gott! Das sieht ja nach Flucht vor uns aus. Wir sind keine Menschenfresser. Wir wollten ihn nur befragen, doch nicht verhaften. Warum also diese überdrehte Reaktion?"

„Mein Mann ist wohl etwas deutlich geworden, hat gedroht, ich weiß nicht mit was", warf die Mutter dazwischen.

Ihr Mann winkte heftig mit dem Kopf ab:

„Quatsch! Hab ich nicht. Ich hab ihm gesagt, es sei eine ernste Sache, wenn jemand zu Tode käme. Und darüber würde er wohl befragt werden. Er müsse bei diesem Verhör wahrheitsgetreu auf alle Fragen antworten. Das ist doch keine Drohung."

„Es hat ihm aber offensichtlich Angst eingejagt. Er hat vermutlich gedacht, er könnte verhaftet werden", konterte die Mutter.

„Das wird er nicht, er ist doch noch ein halbes Kind", meinte Fichte. „Wenn Sie ihm das bitte sagen. Wir beißen nicht und erschießen auch niemanden. Wir fragen nur. Ganz einfach: Wir fragen."

Die Eltern wirkten bedrückt.

„Ich verstehe!", bemerkte der Vater kleinlaut.

Fichte erhob sich.

„Eines scheint mir aber sicher: Er hat ein schlechtes Gewissen. Ohne Grund wird Ihr Mann ihn nicht zur Brust genommen haben. Und ohne Grund türmt man nicht."

„Ich fürchte, da haben Sie Recht", nickte die Mutter.

Beide Elternteile standen verängstigt vor Fichte und drückten ihr Bedauern nicht nur in Worten aus. Es lag in Blick und Haltung.

„Allerdings stellt er öfters etwas an", ergänzte die Mutter. „Seine Flucht muss nicht unbedingt mit Ihrem Fall zusammenhängen."

„Aber da er nach dem Hinweis Ihres Mannes auf den Unfall hin getürmt ist, spricht es dafür, dass sich seine Flucht sehr wohl um den Reitunfall dreht", meinte Fichte.

Ich werde das herausfinden, mein Bürschchen, dachte er. Die Eltern des Jungen machten keinen schlechten Eindruck. Redliche Leute, fand er. Dafür sprach das schlechte Gewissen, das ihnen im Gesicht stand. Sie schienen ihrem Bengel einfach nicht gewachsen zu sein. Wie er wusste, hatten der Umgang mit lausigen Jugendlichen und das oft brutale Angebot im Fernsehen Konsequenzen. Beides formte nicht zum Besten. Er war froh, dass sein Sohn Frank erwachsen war. Beim Abschied sagte er mehr wegwerfend:

„Benachrichtigen Sie uns bitte, sobald er auftaucht. Und beruhigen Sie ihn auf jeden Fall in Bezug auf uns. Wir tun ihm nichts. Sollte er sich bis morgen Mittag nicht melden, starten wir eine Suchaktion."

33

„Guten Tag, Herr Baum! Dürfen wir reinkommen?"

Fichte hatte ein gewisses Strahlen im Gesicht. Offensichtlich sah er sich einen Schritt näher an der Lösung des Falls. Es war später Nachmittag, etwas ungewöhnlich für einen derartigen Besuch. Aber Fichte konnte ihn einfach nicht aufschieben, zu lange war seine Geduld schon auf die Probe gestellt worden.

„Aber sicher, Herr Kommissar! Bin nur erstaunt, so spät… so ohne Ankündigung… ich habe soeben eine edle Flasche Wein entkorkt, wenn ich Ihnen…"

„Danke!", wehrte Fichte lachend ab. „Ich bin zwar kein Verächter eines edlen Tropfens. Aber wir sind im Dienst."

Herr Baum nickte verständnisvoll.

„Pardon! Ich wollte Sie nicht verführen."

Er lachte ebenfalls und führte Fichte und seinen Kollegen ins Innere der Wohnung.

„Ohne Ankündigung, ja, das hat seinen Grund", begann Fichte. „Wenn auch nicht auf Sie bezogen. Aber wir haben die Erfahrung gemacht, dass nach Anmeldung eines Besuchs Personen oft nicht auffindbar sind. Eine Überraschung ist daher oft erfolgreicher. Es tut mir natürlich leid, wenn wir Sie in irgendeiner Weise stören."

„Nein! Nein! Tun Sie nicht."

Die Herren nahmen in schwarzen Ledersesseln Platz. Baum sah ihnen gespannt entgegen. Fichte wartete nicht lange:

„Wir haben festgestellt, dass der Schmutz unter den Sohlen Ihrer Sportschuhe den Bodenproben der Unfallstelle entspricht. Was sagen Sie dazu?"

„Nun, das wundert mich nicht. Die Bodenproben im gesamten Stadtwald werden wohl identisch sein. Daraus lässt sich meines Erachtens nicht viel entnehmen. Oder irre ich mich?"

„Tun Sie! Denn unter ihren Sohlen fanden sich Spuren von Pferdemist. Das finden Sie auf den Spazierwegen nicht."

„Und was wollen Sie mir damit sagen?"

„Sie müssen vor Ort gewesen sein. An der Unfallstelle, da, wo das Pferd gescheut hat und die Reiterin gestürzt ist. Das wollen Sie doch nicht leugnen."

Baum überlegte einen Moment, wenn er auch nicht betroffen wirkte, so schien er eher neugierig.

„Ich könnte ja überall auf der ganzen Strecke entlang des Reitwegs diesen Bereich begangen oder überquert haben. Dann fänden Sie doch auch an meinen Schuhsohlen Spuren von Pferdemist."

„Ja, richtig. Aber Sie haben uns alarmiert. Haben den Unfall gesehen. Also waren Sie in unmittelbarer Nähe dieses besagten Ortes und nicht an einer anderen Stelle."

Baums Frau schüttelte genervt den Kopf:

„Wolfgang!"

„Du hältst dich da bitte raus!"

Das klang ungewöhnlich scharf, wie es bisher nicht von ihm zu hören gewesen war. Also schien seine Frau etwas zu wissen, was er nicht preisgeben wollte. Es war nach den neuesten Ergebnissen mit Sicherheit davon auszugehen, dass er an der Unfallstelle gewesen war. Denn er hatte den Unfall beobachtet und die Polizei informiert. Nun wich er aus, schwieg hartnäckig, wenn auch in lockerer Art, als betriebe man ein Spiel, bei dem es hin und her ging, bis endlich einer siegte.

So ein Mist, fand Fichte. Hier ging es bei Gott nicht um ein Gesellschaftsspiel. Hier ging es um den Tod zweier Menschen. Wie sollte Baums Verhalten also zu deuten sein? Was verbarg er? Was wusste er? Was hatte er getan? Hatte er das Pferd aufgescheucht? Woher nahm er den Mut, so locker zu bleiben? Oder irrte er sich in dem Mann?

„Haben Sie das Pferd aufgeschreckt?"

„Nein! Wie kommen Sie darauf?" Empört wies Baum diesen Vorwurf von sich.

„Herr Baum! Sie waren Zeuge des Unfalls, haben uns zwar gerufen, aber Sie verschweigen uns Weiteres. Sie wissen mehr, als Sie uns verraten. Verneinen Sie das nicht. Das hier ist kein Spaß, es ist bitterer Ernst. Zwei Menschen sind tot. Bisher spricht alles dafür, dass Sie der Verursacher des Unfalls waren. Unfallverursachung mit Todesfolge. Die Indizien sprechen eindeutig für Ihre Schuld. Ich betrachte Sie inzwischen als Hauptverdächtigen. Ja, so ist es. Wenn Sie es widerlegen können, so tun Sie dies. Noch ist Zeit."

Baum lief rot an und sprang auf.

„Sie drohen mir? Das verbitte ich mir"

Seine Frau wollte etwas sagen, kam aber nicht dazu. Ihr Mann unterbrach sie, bevor sie auch nur ein einziges Wort ausgesprochen hatte.

„Sei bitte still. Das ist allein meine Angelegenheit. Misch dich also bitte nicht noch einmal ein.

Wenn du das jetzt endlich akzeptierst", rief er überlaut.

Fichte sah ihn an und fragte bissig, aber auch mit der ihm eigenen Entschlossenheit, jetzt zum Ende zu kommen:

„Ich drohe Ihnen nicht. Ich finde nur, die Zeit ist gekommen, das Katz- und- Maus- Spiel zu beenden."

34

Hans tauchte einen Tag nach seinem Verschwinden wieder bei seinen Eltern auf. Er wurde nicht gerade freundlich empfangen, wenn seine Eltern auch erfreut waren, dass er überhaupt und so kurzfristig erschienen war.

„Warum hast du dich davongeschlichen? So eine Unverschämtheit. Einen Kommissar versetzt man nicht."

Hans war kleinlaut, ohne etwas zu erwidern. Noch in derselben Stunde vereinbarten sie einen Termin im Kommissariat.

Dort erschien Hans in Begleitung seines Vaters. Er wirkte mit seinen dreizehn Jahren wie ein Siebzehnjähriger. Er überragte seinen Vater und Fichte um einige Zentimeter und sah dem Kommissar mit seinen fast schwarzen Augen angstfrei entgegen. Ein selbstbewusster, lang aufgeschossener Junge, der gekleidet war wie ein Erwachsener, mit Jackett in diskretem Karo und ordentlich sitzender Krawatte. Seine Haare waren mit Gel glatt nach hinten gekämmt und seitlich exakt gescheitelt.

„Hallo!", sagte er, und es klang ohne Scheu vor den Beamten.

„Hallo!", erwiderte Fichte genau so locker und bat den Ankommenden Platz an. Er wartete eine Weile, bevor er Hans direkt ansprach:

„Du weißt, warum wir hier zusammen gekommen sind."

„Ja, natürlich."

„Wir haben zwei Tote. Swenja und die Reiterin. Kannst du uns dazu etwas sagen?"

Hans zog die Brauen leicht zusammen, bevor er fragte:

„Was erwarten Sie denn? Sie haben doch schon Auskunft von anderen der Clique bekommen. Reicht das nicht?"

Fichte drehte einen Farbstift zwischen Daumen und Zeigefinger. Das machte er immer, wenn er Zeit gewinnen wollte. Auch, wenn er auf eine Antwort wartete oder eine zu formen hatte.

„Nein, natürlich nicht. Jeder hat eine andere Sicht der Dinge oder etwas anderes beobachtet. Ich kann deswegen nicht auf deine Aussage verzichten."

„Aha!"

Rotzlümmel, dachte Fichte, fragte aber mit sanfter Stimme:

„Du warst mit Swenja befreundet?"

Die Antwort kam ruhig und freundlich:

„Sie gehörte zur Clique."

„Also keine Freundin?"

Den Kopf abwägend hin und her wiegend:

„Nicht direkt."

„Und indirekt?"

Hans zog nur die Schultern hoch.

„Aha. Aber Feinde wart ihr nicht?", fragte Fichte.

Jetzt fest und abweisend:

„Nein."

„Jemand aus eurer Clique hat Swenja unter Druck gesetzt. Weißt du, wer das war?"

Zu dieser Frage schwieg der Junge, hatte aber eine leichte Röte im Gesicht. Er bemühte sich, Fichte mit festem Blick zu begegnen, was ihm nicht ganz gelang. Er weiß, wer es war, schloss Fichte daraus.

„Du willst Freunde nicht verraten. Stimmt es?"
Erleichtert:

„Genau. Das macht man doch auch nicht, oder?"

„Nein! Grundsätzlich nicht. Aber hier geht es um die Aufklärung eines Falls, in dessen Verlauf zwei Tote zu beklagen sind. Eventuell hat sich jemand strafbar gemacht. Vielleicht auch nicht. Das müssen wir herausfinden. Das ist unser Job. Darum bist du hier. Verstehst du?"

„Klar."

„Also?"

Der Junge schwieg eine Weile. Er rutschte nicht nervös auf dem Stuhl herum, wie das sonst bei Jugendlichen der Fall war, wenn sie in die Zange genommen wurden. Biss sich nicht vor Verlegenheit auf die Lippen. Nein, er blieb cool und ruhig. Er dachte nach.

„Ich bin doch strafunmündig?!", fragte er dann mit fester Stimme.

„Bist du, obschon auch Jugendliche unter vierzehn Jahren bestraft werden können."

„Aha! Welche Strafen?"

Fichte sah ihn belustigt an. Der Junge versuchte, den Spieß umzudrehen. Offensichtlich taxierte er das Risiko, wie weit er sich einlassen sollte, um ungeschoren davon zu kommen. Und das bei einem Kind von dreizehn Jahren. Was mochte er schon erlebt haben, und was hatte er schon alles angestellt. Da saß ein ganz gerissenes Bürschchen vor ihm, das viel zu früh erwachsen geworden war.

„Also eingelocht würdest du nicht", beruhigte Fichte den Jungen. „Das vorneweg. Aber es gibt durchaus Möglichkeiten, einen Jugendlichen zu bestrafen. Und zwar ganz empfindlich."

Hans sah den Kommissar fast abschätzend an. Dann wanderte sein Blick zum Vater, als wolle er ihn um Rat bitten.

„Hans, du solltest alles sagen, wenn du etwas weißt", erwiderte der Vater auf die stumme Frage seines Sohnes. „Es ist doch zwecklos, weiterhin zu schweigen. Du bringst dich und uns nur in Schwierigkeiten. Du kannst mit Sicherheit von Amtswegen von zu Hause weggeholt werden und in ein Heim wandern. Möchtest du das?"

„Stimmt das, Herr Kommissar?"

Der Junge sah zweifelnd zu Fichte.

„Das stimmt. Es gibt Heime für schwererziehbare Jugendliche. Es handelt sich dabei um Kinder, die sich zum wiederholten Mal strafbar gemacht haben, uneinsichtig sind und eine gewisse Gefahr für ihre Umgebung bedeuten. Dann bist du zwar nicht eingesperrt, wie in einem Gefängnis, aber unter ständiger Aufsicht und hast nur begleitenden Ausgang. Einen Aufseher auf den Fersen. Also keine totale Freiheit, wie du es offensichtlich gewohnt bist."

„In ein solches Heim müsste ich?", kam die fast ängstliche Frage. Total abgebrüht war er also nicht, stellte Fichte fest.

„Das entscheidest du allein mit deinem Verhalten, und eventuell ein Richter, wenn es zu einem Prozess kommen sollte. Ich nicht."

„Ist das jetzt nicht eine Art von Erpressung?"

„Nein, keineswegs. Es geht hier um die Aufklärung eines Geschehens, das zwei Menschenleben gekostet hat. Wenn du uns nicht hilfst oder mit wichtigen Details zu dem Fall schweigst, und das kommt heraus, wäre das Behinderung von Ermittlungen in einem Fall von möglicher Tötung oder vielleicht sogar von Mord. Das ist strafbar. Für jeden. Auch für dich."

Hans überlegte. Natürlich konnte er die Sachlage bei seinem jugendlichen Alter nicht in seiner ganzen Schwere einschätzen. Aber er wusste, dass er irgendwie dran war. Er steckte tief drin in der Sache. Seine Kumpels hatten ihm schon Angst gemacht, nachdem Swenja tot war. Sie waren Mitwisser. Sie hatten im Stadtwald alles mit angesehen, blieben also eine Gefahr. Außerdem war ihm durchaus bewusst, dass er erhebliche Mitschuld hatte. Er hatte Druck auf das Mädchen ausgeübt, sie in die Enge getrieben. Ihrer Bitte, den Termin zu verschieben, hatte er nicht nachgegeben. Im Gegenteil, er hatte ihr mit Anschwärzen bei den Eltern oder der Polizei gedroht. Diese Scheißfristsetzung war ihr schließlich zum Verhängnis geworden. Und nun auch noch ihm selbst. Könnte er den ganzen Mist doch rückgängig machen. Aber dafür war es zu spät.

„Also, Swenja hatte Schulden bei mir", ließ er sich endlich vernehmen. „Ich wollte das Geld haben, weil ich es brauchte. Wir hatten eine Abmachung. Trotzdem hat sie sich nicht daran gehalten. Jedenfalls nicht sofort, nicht, wie abgemacht. Nur mit einem Teilbetrag. Das fand ich unfair. Ich hatte den ganzen Betrag bereits verplant. Ich war sauer, stinksauer. Da bin ich…da hab ich…ich hab ihr gesagt, dass unter Freunden eine Abmachung gilt."

„Du hast ihr gedroht?"

„Nein! Ich hab ihr eine Frist gesetzt."

Das war ja wohl die Höhe, dachte Fichte. Eine Fristsetzung unter Jugendlichen, die fast noch Kinder waren.

„Welche?"

„Welche, was?"

„Frist."

„Frist?"

„Ja. Verdammt noch mal!""

„Eine Woche."

„Und sie hat sich nicht daran gehalten?"

„Es ist nicht mehr zu einer weiteren Übergabe gekommen."

Fichte schluckte. Übergabe! Eine weitere Übergabe! Unglaublich diese Wortwahl eines Dreizehnjährigen, dachte er. Es erschütterte ihn, wie es unter Jugendlichen zuging. Der Junge sah wahrscheinlich zu viele Krimis. Das kam heraus, wenn junge Burschen unkontrolliert Tag für Tag durch die Programme des Fernsehers surften und mit lauter Blödsinn im Kopf durch die Straßen streunten.

„Wegen des Unfalls?"

„Was?"

„Warum klappte die Übergabe nicht? Wegen des Unfalls?"

„Ja."

„Um wie viel Geld ging es?"

„Ist doch egal!"

„Nein, ist es nicht!"

„Fünfzig Mäuse. Insgesamt."

Fichte rieb sich das Kinn und sah dem Jungen direkt ins Auge. Das war eine Menge Geld unter Kindern. Swenja hatte die Summe natürlich nicht gehabt und versucht, den Betrag aus dem Portemonnaie der Mutter zu stibitzen. Dabei war sie überrascht worden. Es dämmerte Fichte. Das Dunkel lichtete sich langsam. Wenn auch immer noch entscheidende Fakten fehlten. Vor allem, was hatte das mit dem Reitunfall zu tun? Oder lagen hier doch zwei verschiedene Geschehnisse vor, die nichts miteinander zu tun hatten? Zufälle?

„Warum schuldete Swenja dir Geld?"

Fichte ahnte in diesem Moment nicht, dass er nach dem Schlüssel zur Tür gefragt hatte. Hans wand sich. Er wollte nicht weiter aussagen, das sah man ihm an. Bis hierhin und nicht weiter sagten Haltung und Augen.

„Ich wollte CDs kaufen", kam es ausweichend hervor.

„Von ihrem Geld?"

„Ja, und?" meinte er selbstbewusst. „ Unter Freunden?"

„Auf einmal doch?"

35

Noch immer schwieg Wolfgang Baum zu Details. Er überlegte, wie weit er sich einlassen sollte, ohne allzu viele Federn zu lassen. Eigentlich imponierten Fichte Leute, die wachsam waren und sich nicht so schnell einschüchtern ließen. Sie waren ihm lieber als solche, die bei der zweiten Frage mit weichen Knien einknickten. Baum gehörte zur ersten Sorte. Allerdings schien er ein Choleriker zu sein. Wenn seine Frau auch nur ansetzte zu einem Wort, lief er dunkelrot an, und ein warnender Blick schoss in ihre Richtung. Schweigen, hieß das unmissverständlich. Und sie schwieg. Sie wusste wohl genau, warum, wenn ihr das innerliche Knurren auch anzusehen war. Fichte blieb weiterhin geduldig, obschon er das scheibchenweise Weiterkommen hasste.

„Wir lassen jetzt mal die Spuren unter Ihren Schuhen ruhen und wenden uns einem Stock zu."

„Einem Stock? Welchem Stock?"

„Besser gesagt, dem Ast."

Baum schmunzelte wohlwollend:

„Dem Ast? Ich bin gespannt."

Fichte ließ sich ein wenig Zeit, bevor er mit der Neuigkeit herausrückte, und er beobachtete sein Gegenüber sehr genau, während er sprach:

„An dem Ast, den ich meine, haften Blutspuren."

Wenn er angenommen hatte, diese Behauptung würde sein Gegenüber schockieren oder aus der Reserve locken, so irrte er sich. Baum blieb gelassen.

„Was ist daran außergewöhnlich?", fragte er. „Im Stadtwald laufen Hasen wie Füchse herum. Da gibt es täglich Kämpfe ums Fressen, ums Quartier oder die Vorherrschaft. Und folglich Blutspuren."

„Das Blut stammt eindeutig von dem toten Kind."

„Dem toten Kind? Welchem Kind?"

„Wussten Sie nicht, dass dieses verletzte Mädchen, das hier am Unfallort gewesen ist, einige Tage nach dem Unfall vor ein fahrendes Auto gelaufen ist und tödlich verletzt wurde?"

Jetzt schwieg Baum. Er war fahl geworden und sah Fichte ungläubig an. Er rang die Hände.

„Nein! Das wusste ich nicht. Das ist ja entsetzlich. Das tut mir unendlich leid. Das arme Kind. Und erst die Eltern! Einfach schrecklich. Wie konnte das nur passieren?"

„Soweit wir wissen, wurde sie unter Druck gesetzt, so sehr, dass sie kopflos von zu Hause getürmt ist und dann blindlings auf die Fahrbahn gerannt ist. Der Fahrer konnte nicht mehr rechtzeitig bremsen. Es herrschte zu dieser Zeit schlechtes Wetter mit Dunkelheit, Nebel und Nieselregen. Das Kind hat in diesem Moment keine Chance gehabt und der Autofahrer offensichtlich auch nicht."

Beiden schwiegen, in Gedanken bei der verunglückten Swenja und dem Leid der Eltern.

„Haben Sie das Kind unter Druck gesetzt"? fragte Fichte plötzlich.

Mit einer abwehrenden Handbewegung presste Baum hervor:

„Nein! Um Gottes Willen. Ich kenne dieses Mädchen gar nicht, weiß nicht wie es heißt oder wohnt. Wie sollte ich es unter Druck setzten, und warum? Wenn sie von zu Hause geflohen ist, wurde der Druck doch wahrscheinlich von den Eltern ausgeübt. Ist das nicht logisch?"

Fichte sah den Mann vor sich lange an. Er fühlte förmlich, dass hier vieles nicht stimmte. Er sah auch, wie unzufrieden seine Ehefrau wurde und erwartungsvoll oder auffordernd sie ihren Mann mit Blicken zu drängen schien. Fichte war sich zwar sicher, nicht alle Fakten des Geschehens zu kennen, aber er wusste genug, um Baum nun in die Enge zu treiben. Das ließ auch nicht lange auf sich warten.

„Herr Baum, auch wenn Ihnen jetzt gar nicht gefallen wird, was ich zu sagen habe, Sie sind in meinen Augen der Hauptverdächtige in einem Fall von Tötungsdelikt. Widersprechen Sie nicht. Ich lege Ihnen natürlich gerne dar, warum ich zu diesem Schluss komme."

Baum war aufgesprungen und brüllte:

„Das muss ich mir nicht anhören, das ist..."

„Doch, müssen Sie", sagte Fichte ruhig. „Hier oder auf dem Präsidium. Sie haben ja die Möglichkeit, sich zu rechtfertigen, mir plausibel zu erklären, dass Sie unschuldig sind. Ich bin mir fast sicher, Sie könnten es. Warum tun Sie es nicht? Ich weiß nicht, was Sie davon abhält."

„Ich möchte nur noch über einen Anwalt mit Ihnen reden:"

„Steht Ihnen zu. Rufen Sie ihn an. Ich warte!"

Fichte machte eine lässige Handbewegung Richtung Telefon und lehnte sich provozierend gemütlich zurück.

„Wolfgang!", mahnte seine Frau und stampfte mit dem Fuß auf.

„Halt den Mund!", fuhr er sie an.

Fichte wusste nun mit Sicherheit, dass Frau Baum mehr wusste, als ihrem Mann lieb war. Sie war eingeweiht. Hatte er nun Angst, sie könnte plaudern? Fichte nahm sich vor, sie bei nächster Gelegenheit separat von ihrem Mann zu befragen.

„Wir haben auch Fingerabdrücke an dem Ast gefunden, sogar den Abdruck einer ganzen Handfläche", begann Fichte erneut, um mit dem zusätzlichen Hinweis Baum zu einer Erklärung zu zwingen. Er wartete eine Zeitlang, um zu beobachten, wie seine Mitteilung auf Baum wirkte. Baum hatte sich inzwischen wieder im Griff, ließ vom Telefon ab und setzte sich. Er bemühte sich, kühl zu wirken und meinte:

„Äste werden von vielen in die Hand genommen. Kinder spielen damit, Spaziergänger werfen sie ihrem Hund, damit er apportiert, oder werfen ihn einfach durch die Gegend, weil er ihnen im Weg liegt."

„Oder jemand nimmt ihn in die Hand, um einem anderen damit auf den Kopf zu schlagen."

Baum schwieg. Fichte hatte inzwischen zu viele Andeutungen gemacht, als dass Baum sich noch immer sicher fühlen konnte. Spätestens jetzt musste ihm klar sein, dass er sehr tief in der Angelegenheit steckte, zu tief, um weiter zu schweigen. Einen Anwalt würde er zwar brauchen. Aber auch dieser würde nicht die Schlinge lockern können, die sich um seinen Hals legte und sich immer enger zuzog.

Baum atmete schwer, sog die Luft langsam ein und stieß sie hörbar aus. Er rang die Hände. Dann lehnte sich zurück. Es wirkte ergeben. Er war erschöpft von dem vergeblichen Kampf um sein Ansehen und seine Unschuld.

„Ich glaube, es ist zwecklos", sagte er leise.

„Was meinen Sie damit?", fragte Fichte lauernd. „Wollen Sie endlich reden? Wir haben viele Anhaltspunkte, die gegen Sie sprechen, Herr Baum. Wie es aussieht, haben Sie das Pferd erschreckt, nach den Spuren an der Unfallstelle, sowie dem Abgleich von Bodenproben vor Ort und denen unter Ihren Sportschuhen. Das Kind scheint das beobachtet zu haben und hat Ihnen offensichtlich mit der Polizei gedroht. Oder Sie haben gefürchtet, es könnte vor Gericht als Zeuge gegen Sie aussagen. Was auch immer. Daraufhin haben Sie dem Kind vorsorglich eine übergebraten, um instinktiv im Vorfeld einen Zeugen auszuräumen. So könnte das ausgelegt werden."

Baum wollte etwas einwenden. Aber Fichte kam ihm zuvor:

„Immerhin haben Sie trotzdem Hilfe per Telefon für die beiden Verletzten angefordert. Offensichtlich waren Sie sich der Verantwortung für den Unfall bewusst. Das ist ein Argument, das für Sie spricht. Anstatt Hilfe zu leisten oder vor Ort auf die Polizei oder den Rettungsdienst zu warten, haben Sie sich   davongemacht. Das wiederum spricht gegen Sie."

„Das ist doch reine Spekulation", fiel Baum ihm ins Wort. „Nichts davon lässt sich nachweisen, weil nichts davon stimmt."

„Nein? Und was stimmt? Ich bin mir ziemlich sicher, dass der Ablauf genau so gewesen sein könnte. Es wäre eine logische Reihenfolge. Schwierig von Ihrer Seite, zu widerlegen. Es sei denn, Sie könnten eine glaubhaftere Entwicklung des Ablaufs darlegen. Wollen oder können Sie das?"

„So, wie Sie es sich zusammenreimen, ist es nicht gewesen."

„Wie war es denn?"

36

Einen Tag später im Polizeipräsidium. Rüdiger war vorgeladen worden. Im Vorfeld hatte er angegeben, kooperieren zu wollen. Ob er dabei bleiben würde, war abzuwarten. Er kam in Begleitung seiner Eltern. Unauffällige Leute, wie es schien.

Fichte hatte sich vorgenommen, bei Rüdiger mit einem Trick zu arbeiten, sollte er sich entgegen seinem Angebot weigern, wahrheitsgemäß auszusagen. Er wollte vorgeben, seine Freunde hätten bereits alles gestanden, was allerdings zum Teil sogar der Wahrheit entsprach. Fichte liebte dieses Vorgehen zwar nicht, weil es ein falsches Spiel war. Aber er musste endlich zu einem Abschluss kommen, was den Reitunfall betraf.

Eigentlich tat sich der Vorgang inzwischen vor ihm auf, wie er gewesen sein könnte. Nämlich so, wie er ihn Baum vorgetragen hatte, mit Baum als Täter. Aber er brauchte Sicherheit, ein Geständnis oder eine Aussage. Es gab Beteiligte und Augenzeugen. Aber alle blieben zurückhaltend, vage. Das störte ihn gewaltig. Das barg auf jeden Fall ein noch zu lösendes Rätsel. Ob sich doch alles anders abgespielt haben könnte?

Rüdiger war kleinlaut. Er war nicht so hartgesotten wie Hans. Das genau war Fichtes Chance. Er wollte ohne lange Umschweife diese Chance nutzen. Aber Rüdiger kam ihm zuvor:

„Ich hatte vor, auszusagen. Aber ich habe nachgedacht und bin heute gekommen, um Ihnen zu sagen, dass ich nichts sage."

Das verschlug Fichte zunächst die Sprache. Kein Zeuge oder Täter in irgendeiner Angelegenheit hatte je so prompt sein Anliegen vorgebracht. Manche schwiegen zwar oder sagten die Unwahrheit. Aber von vorneherein mitzuteilen, dass man gekommen sei, um zu schweigen…nein, das hatte Fichte noch nicht erlebt.

„Das hilft mir ja ungemein weiter", meinte er trocken. „Zu was willst du denn schweigen?"

„Zu dem Unfall mit dem Pferd."

„Vielleicht hat einer deiner Freunde bereits gesungen und ich weiß schon mehr, als dir lieb ist."

„Dann brauchen Sie mich ja nicht mehr."

Er stand auf und wollte gehen.

„Moment", fauchte Fichte. „Wir sind hier im Polizeirevier und nicht auf der Straße! Niemanden kann man in Deutschland zum Reden zwingen. Auch dich nicht. Aber ich möchte wissen, warum du nicht aussagen willst. Das kannst du ja sagen, oder? Hast du Angst vor jemandem?"

„Nein."

„Warum also?"

„Swenja ist tot. Sie wird durch meine Aussage nicht wieder lebendig. Niemandem würde ich helfen, höchstens schaden. Ich sehe also keinen Sinn darin, weiter darüber zu sprechen."

„Verstehe! Du siehst keinen Sinn. Das sind deine Regeln. Die sind aber in einem so tragischen Fall nicht entscheidend. Meine Regeln sehen ganz anders aus. Wenn jemand zu Tode kommt, habe ich zu ermitteln. Wieso ist etwas passiert und durch wen. Das ist man dem Toten schuldig. Das schuldest du auch Swenja."

„Machen Sie mir kein schlechtes Gewissen."

„Ist aber angebracht. Swenja war doch deine Freundin, so irgendwie jedenfalls, oder?"

„War sie."

„Also! Dann hilf uns doch dabei, herauszufinden, wer sie geschlagen hat. Ist das eine Freundin nicht wert? Auch wenn sie tot ist?"

Rüdiger schwieg.

„Warum war ausgerechnet sie deine Freundin? Die anderen waren es nicht oder weniger?"

„Ist es nicht normal, dass man engere und weniger enge Freunde in einer Clique hat, manch einer einem näher steht als der andere?"

Fichte schwieg, in Erwartung, dass Rüdiger weiter sprechen wollte. Und er tat es:

„Jeder braucht jemanden, dem er vertraut, dem er hilft, wenn es nötig ist, oder den er um Hilfe bitten kann, wenn er sie selbst braucht."

„Ganz genau", beteuerte Fichte. „Habt ihr euch gegenseitig geholfen?"

„Haben wir. Aber was hat das mit ihrem Tod zu tun?"

„Viel oder gar nichts. Je nachdem."

Rüdiger zeigte ein verlegenes Lächeln, weil er mit Fichtes Antwort nicht viel anfangen konnte.

„Kann ich jetzt gehen?"

„Nein! Womit hat Swenja dir geholfen?"

„Mit Mathe."

„Und du ihr?"

„Schutzfunktion."

Fichte sog die Luft hörbar ein. Jugendlichen sprachen von Übergabe eines ausgemachten Geldbetrags, setzten Fristen für diese Summe und übernahmen eine Schutzfunktion wenn nötig. Halbwüchsige, die kaum ahnen konnten, was das unter Erwachsenen bedeutete und was daraus strafrechtlich folgen konnte. Ich bin zu früh auf diese Welt gekommen, dachte Fichte frustriert.

37

Baum erschien im Präsidium mit seinem Anwalt, Doktor Lenzkirch. Die Herren hatten sich bei Fichte angemeldet. Baum wolle ausschließlich mit Fichte sprechen, hatte er beteuert, mit ihm persönlich, aber im Polizeirevier und nicht bei sich zuhause. Das hatte er mehrmals betont. Fichte war es nur recht. Es ersparte ihm einen erneuten Hausbesuch. Offensichtlich wollte Baum verhindern, dass seine Frau zugegen sein würde und ihn unterbrechen könnte. Vielleicht wusste sie zu viel. Ob sie eingeweiht war, dass ihr Mann einen Anwalt eingeschaltet hatte? Fraglich. Egal. Hauptsache Baum kam.

Stückchenweise hatte Fichte den Zusammenhang inzwischen erfasst. Aber Baums Aussage, die des einzigen Erwachsenen in diesem Drama, fehlte. Nun also hoffentlich der Abschlussbericht, die endgültige Aufklärung dieses verzwickten Falls.

Fichte sah den beiden Herren gespannt entgegen. Baum kannte er ja. Nicht seinen Begleiter. Der Rechtsanwalt an seiner Seite war ein untersetzter, etwas gewichtiger Herr mit schütterem Haar und aufmerksamen Augen unter buschigen Brauen.

„Ich hoffe, Sie haben nichts dagegen, dass ich einen Anwalt zugezogen habe. Das schien mir vernünftig. Ich hatte es ja bereits bei einer früheren Gelegenheit angekündigt."

„Natürlich habe ich keinen Einwand dagegen. Obschon Sie in meiner Gegenwart keine juristische Unterstützung brauchen. Ob Sie überhaupt einen Anwalt benötigen, wird sich später erst herausstellen. Es ist jedenfalls nicht falsch, sich anwaltlich begleiten zu lassen."

Fichtes einladende Geste, auf den Stühlen gegenüber seinem Schreibtisch Platz zu nehmen, nahmen die Herren dankend an.

Baum rückte seine Krawatte zurecht und strich über seine Hosenbeine. Dann sog er die Luft hörbar ein, bevor er begann:

„Es war nicht so, wie Sie es annehmen und mir gegenüber geäußert haben."

„Um das richtigzustellen, sind Sie ja nun hier. Ich bin gespannt auf das, was Sie zu sagen haben."

Fichte lehnte sich zurück. Er hatte Mühe, seine Spannung zu verbergen.

„An dem besagten Tag ging ich mit meiner Frau im Stadtwald spazieren. Wir genießen bei einem solchen Spaziergang durch die Natur die Ruhe, sehen den Hasen zu oder den Amseln. Mit besonderer Neugier verfolgen wir immer die Reiter in ihren unterschiedlichen Gruppierungen. Einzelne, Zweier- oder Vierergruppen, oder eine Reiterschule mit mehreren Teilnehmern. In welcher Gangart sie auch gerade sind, es ist ein Genuss, sie zu beobachten. Wenn sie im Galopp schnauben, im eleganten Trapp vorbei ziehen oder im majestätischen Schritt daher schreiten. Wir können uns nie daran sattsehen. Pferde sind einfach wunderbare Kreaturen. Immer haben wie dann den Wunsch gehabt, dabei sein zu können. Verstehen Sie das?"

Fichte schwieg dazu. Auf die ausgiebige Beschreibung dieser Eindrücke von vorbeigaloppierenden Pferden, konnte er verzichten. Sie befanden sich schließlich nicht in einer Lesung über romantische Literatur. Das ging also völlig an der Sache vorbei. Baum machte eine Pause, bevor er fortfuhr:

„An dem besagten Tag spielten Kinder in der Nähe des Reitwegs. Besser gesagt, sie tobten, johlten und warfen sich Bälle zu. Es waren Jungen und Mädchen. Ich habe nicht gezählt wie viele. Ich ahnte doch nicht, dass ich einmal danach gefragt werden könnte. Dann näherte sich eine einzelne Reiterin im Trab. Als sie die Kinder entdeckte, parierte sie zum Schritt durch und kam ruhig näher.

Die Kinder sahen das Pferd mit der Reiterin. Zunächst waren sie ganz still, kein Laut, keine Bewegung. Aber plötzlich änderte sich das. Sie liefen auf das Pferd zu, schweigend zunächst. Um es von der Nähe aus zu betrachten, dachte ich. Dann riefen sie dem Tier etwas zu, es klang wie ‚lauf‘ und ‚hopp‘ oder ähnlich. Die Reiterin erwiderte etwas, das ich nicht verstehen konnte. Daraufhin begannen die Kinder zu schreien und zu gestikulieren. Sie hüpften hin und her, immer näher an das Pferd heran. Sie warfen sogar Bälle auf das Tier. Daraufhin begann das Tier unruhig zu werden. Ich sah, wie die Reiterin die Kontrolle über das Tier verlor. Sie versuchte vergeblich zu wenden. Fast verzweifelnd rief sie den Kindern laut zu: ‚Aufhören! Lasst das Tier in Ruhe. Verschwindet‘.

Da sprang ein Kind plötzlich mit einem Ast auf das Tier zu und schlug auf es ein, traf es am Hals und am Kopf. Alle johlten, die Reiterin schrie, das

Pferd bäumte sich auf, stieg kerzengerade hoch und warf die Reiterin rückwärts in den Dreck. Die Frau schrie ganz schrill im Fallen. Es durchdrang mich. Dann war es plötzlich still. Kein Laut von der Reiterin, kein Ton von den Kindern. Das Pferd war schnaubend und buckelnd davon galoppiert. Meine Frau und ich standen zunächst wie versteinert da. Konnten uns kaum rühren vor Schreck. Den Kindern ging es wohl ähnlich."

Baum schluckte bei der Erinnerung.

„Sie haben gesehen, welches Kind mit dem Ast auf das Pferd einschlug?", fragte Fichte.

„Es war das besagte Mädchen. Diese Swenja. Den Namen habe ich ja später von Ihnen erfahren. Ich war derart wütend auf dieses Kind und sah die Frau leblos am Boden liegen. Das Kind wollte plötzlich türmen, einfach abhauen. Aber ich war schneller. Ich weiß nicht, woher ich in dieser Minute die Kraft dazu nahm. Ich hab im Laufen den nächsten Ast gegriffen und dem Plag eine übergezogen. Einfach draufgehauen, blindlings, in ohnmächtiger Wut, ohne nachzudenken, ohne jedes Gefühl."

„Was Sie natürlich nicht durften. Sie hätten das Kind festhalten können und den Rettungskräften übergeben können."

„Weiß ich. Heute sehe ich das doch auch anders. Damals, das war eine Ausnahmesituation. Ein wilder Reflex aus der Situation heraus. Dann handelt man spontan, ohne jede Überlegung, einfach aus dem Bauch heraus, instinktiv. Können Die das nicht verstehen?"

„Verstehen vielleicht, billigen natürlich nicht."

Baum schwieg, in seinem Kopf lief das ganze Geschehen noch einmal wie ein Film ab. Nur langsam fasste er sich und fand zur Gegenwart zurück:

„Und weil ich im gleichen Moment wusste, dass ich mich strafbar gemacht hatte, bin ich vom Ort weggegangen und wollte später nichts für mich Belastendes aussagen. Sich selbst zu bezichtigen ist doch dumm. Verstehen Sie das? Auch vor Gericht ist ein Angeklagter nicht verpflichtet, sich selbst zu beschuldigen. Ist doch so, oder?"

„Natürlich."

Alle schwiegen eine Weile. Auch in Fichtes Gedanken lief der Ablauf dieses Unfalls wie ein Film durch die Gedanken. Schließlich fasste Fichte zusammen:

„Die Kinder, beziehungsweise hauptsächlich Swenja, sind also schuld an allem. Swenja hat zuletzt mit ihren Schlägen auf das Pferd den Unfall herbeigeführt. Sie ist verantwortlich für den Sturz mit Todesfolge, wenn zwischen Ereignis und Tod auch einige Wochen liegen. Die Reiterin ist also tot als Folge des Sturzes. Swenja tot durch eine tragischen Verkehrsunfall."

„Ja", hauchte Baum.

Nun begriff Fichte alles in seiner vollen Tragweite. Immer deutlicher lief das Ganze wie ein Film durch seine Gedanken. Wie einfach, wie klar, dachte er. Und doch wie verwoben. Baum hatte die Kinder beobachtet und Swenja für die begangene Tat bestrafen wollen. Die übrigen Kinder hatten Swenja natürlich auch beobachtet, wie sie auf das Tier eingedroschen hatte, und sie hatten den Sturz der Reiterin mit angesehen. Einer der

Jungen wollte daraus Kapital schlagen und in einer bestimmten Frist Geld als Preis fürs Schweigen kassieren. Schweigen gegenüber den Eltern des Mädchens, Schweigen gegenüber der Polizei. Diese Impertinenz unter Jugendlichen war einfach erschütternd.

Swenja hatte versucht, das Geld zu beschaffen, damit Hans seine Drohung nicht wahrmachen konnte. Sie wurde erwischt, bekam Strafe durch den strengen Vater angedroht und war daraufhin kopflos aus dem Haus gerannt und bei Nieselregen in der Dämmerung in ein fahrendes ein Auto gelaufen.

Mehr als gut konnte Fichte dieses Kind verstehen, das von zwei Seiten in die Enge getrieben wurde und nur noch weg wollte, weil es keinen Ausweg mehr sah. Flucht in den Tod. Armes Kind.

Alles in diesem Fall wäre vermeidbar gewesen. Aber ein Stein war ins Rollen gekommen. Ein klassischer Dominoeffekt. Er nahm seinen Lauf. Eines ergab sich aus dem anderen.

Zwei Menschen könnten noch leben. Eltern hätten ihr Kind nicht verloren. Und die Liebe des Doktor Busch zu der Reiterin wäre nicht zu Ende. Wäre, wäre. War es nicht immer so? Kummer könnte vermieden werden, Leben gerettet werden, wären die Menschen anders als sie sind.

38

Fichte hatte eine Flasche Prosecco geöffnet und schenkte seiner Frau und sich ein. Er wirkte befreit und lehnte sich entspannt im Sessel zurück. Die Anspannung der letzten Tage war abgefallen. Stattdessen hatte sich Leichtigkeit in ihm ausgebreitet. Selbst seine Muskeln waren erschlafft. Er sah so jung aus. Seine Frau registrierte die Veränderung beruhigt.

„Du bist erleichtert. Ich sehe es dir an. Der Unglücksfall mit dem Pferd ist endlich gelöst. Stimmt es?"

Fichte fuhr sich durchs Haar, streckte die Beine aus und lachte verhalten.

„Das Rätsel ist zwar gelöst. Soweit gut. Erleichtert bin ich nicht. Wenigstens nicht absolut. Wenn ein Kind zu Tode kommt, so geht mir das doch unter die Haut. Vor allem, weil es nicht nötig gewesen wäre. Aber was ist schon nötig? Was wäre verhinderbar? Muss man sich das nicht immer fragen, wenn etwas Tragisches passiert ist?"

Die beiden Todesfälle bedrückten ihn, wenn der Fall an sich auch gelöst war, seine Aufgabe erfüllt war. Aber es gab die Zeit hinter der Zeit. Diese gehörte unweigerlich dazu. Man konnte sie nicht ausblenden. Sie tat weh. Und es gab Bilder, die sich eingeprägt hatten, Personen, denen man nah gekommen war. Das alles ließ ihn nicht los. Seine Frau ahnte seine Gedanken. Sie sah sein Grübeln. Die tiefe Furche zwischen seinen Brauen verriet es. Sein Ausdruck war plötzlich verändert und alle Leichtigkeit verflogen.

„Das Kind war zwar schuld an dem Unfall, aber es ergibt sich daraus keine Konsequenz. Richtig?", fragte Julia. Sie hätte das Thema wechseln können. Aber vielleicht tat Reden ihm gut.

„Sie wäre sowieso straffrei ausgegangen, da sie minderjährig war, wie die übrigen Kinder auch", sagte er mit trauriger Stimme. „Aber was soll es noch. Für dieses Kind ist alles vorbei. Ja, wirklich alles, ein ganzes Leben mit der Fülle von Möglichkeiten, das nicht gelebt werden durfte. Sie hätte Kinder haben können, Spuren hinterlassen können. Ein vertanes Geschenk."

Julia strich ihm besänftigend über die Schulter.

„Versuch es sachlich zu sehen, wie du es sonst auch kannst. Mach die Tür hinter dir zu, ganz sachte. Du hast die Fähigkeit, einen Fall aus der Ferne zu betrachten. Dein Beruf hat dich das gelehrt. Das ist auch gut so. Wie wolltest du sonst all die Tragik bewältigen, mit der du täglich zu tun hast."

Fichte lächelte seine Frau an:

„Heute weiß ich mehr denn je zu schätzen, was du geleistet hast, nicht nur, was unseren Sohn betrifft."

„Wie kommst du ausgerechnet jetzt darauf?"

„Weil mir genau in diesem Moment klar wird, wie wichtig du in all den Jahren für mich warst. Ich konnte über alles mit dir reden. Wie jetzt. Du hast nicht nur geduldig zugehört, du hattest oft gute Tipps, hast mich von einer Einbahnstraße zurückgeleitet und warst mir immer…", er wandte sich seiner Frau zu und küsste sie dankbar auf die Stirn.

„Du weißt schon…"

194

Julia lachte: „Danke, dass du es sagst."

„Ich liebe dich. Aber das weißt du ja auch."

„Du hast soeben den schönsten Satz der deutschen Sprache ausgesprochen. Aber das weißt du ja auch."

Fichte lächelte versonnen vor sich hin.

„Vielleicht sollte man ihn öfters sagen. Er klingt so gut und tut so gut. Selbst dem, der ihn sagt."

Er schwieg eine Weile, bevor er fortfuhr:

„Abgesehen von einer Partnerschaft, auch der Einsatz von Eltern für ihre Kinder ist wichtig: Kindern Vorbild sein, ihnen eine Leitplanke fürs Leben zu bieten, sie an alles heranzuführen, an Sport, an Kunst, mit ihnen zu spielen, zu diskutieren, ihnen vorzulesen. Sie auf die richtige Seite des Lebens zu führen. Das hast du fantastisch hingekriegt. Ich denke dabei an die Kinder, die ich durch diesen Fall kennengelernt habe. Die wie streunende Hunde durch die Straßen laufen und keine Leitplanke haben."

Julia lehnte ihren Kopf gegen seine Schulter.

„Ich habe dich schon verstanden. Du nimmst das zum Anlass, mich mit Komplimenten zu überhäufen. Danke! Was ich gemacht habe, war doch einfach selbstverständlich. Ich hatte mehr Zeit als du. Wie oft hast du plötzlich fortgemusst, weil Verbrecher keine Rücksicht auf deine Freizeit oder abendliche Entspannung genommen haben. Schon gar nicht darauf, dass du einen Sohn hast."

Fichte lachte: „Wie Recht du hast."

Sie schwiegen eine Weile und hingen ihren Gedanken nach. Julia riss ihren Mann dann aus seinem Grübeln heraus:

„Was ist mit diesen Kindern aus dem Stadtwald, die auch an dem Unfallplatz waren? Trifft sie eine Mitschuld?"

„Sie waren nicht direkt daran beteiligt, das Pferd scheu zu machen. Am Anfang vielleicht, weil Unruhe von ihnen ausging. Nur das Mädchen hat auf die Stute mit Astwerk eingeschlagen. Außerdem sind alle sowieso minderjährig. Keines der Kinder ist zu belangen. Ihre Eltern schon eher."

„Und der Mann, der Swenja geschlagen hat? Was ist mit dem?"

„Er könnte wegen Körperverletzung zur Rechenschaft gezogen werden. Aber das Opfer ist tot, und zwar nicht durch seinen Schlag, sondern durch einen Verkehrsunfall, mit dem der Mann nichts zu tun hat. Aber die Körperverletzung durch ihn ist Fakt. Ob sich daraus in diesem Fall strafrechtlich etwas ergibt, weiß ich nicht."

Julia dachte an die Eltern, die ihr Kind verloren hatten. Es stimmte sie traurig. Ebenso ging es ihrem Mann. Der Tod eines Kindes war etwas besonders Schreckliches. Sie konnte sich nicht vorstellen, dass irgendein Schicksalsschlag schlimmer sein sollte.

„Die Gerichte werden einiges zu klären haben", unterbrach Fichte die Gedanken seiner Frau. „Nicht nur die Verletzung des Kindes durch Wolfgang Baum, auch eventuelle Schadensersatzansprüche der Eltern gegenüber diesem Mann. Erst Recht Ansprüche gegenüber dem Fahrer, der den Tod des Kindes zu verantworten hat."

Julia sah ihren Mann entsetzt an:

„Ich kann mir nicht vorstellen, dass sich Eltern das antun wollen. Ich nehme an, sie verzichten darauf. Der Unfallhergang würde in jedem Detail erneut aufgerollt. Das halten Eltern doch nicht aus. Was hätten sie davon!"

„Geld." Kalt wie das Wort an sich, hatte Fichte es ausgespuckt.

„Wie scheußlich. Geld!"

„Es wird auch Vernachlässigung der Aufsichtspflicht der Eltern gegenüber ihrer Tochter angesprochen werden", gab Fichte zu bedenken. „Dieses unkontrollierte Herumstreunen in der Gegend mit diesen Auswüchsen von sogenanntem Spaß ist blanke Verwahrlosung."

„Ich hoffe, man erspart den Eltern diesen Vorwurf. Sie sind genug bestraft."

Fichte schüttelte den Kopf:

„Vor Gericht gelten keine Emotionen. Straftaten aller Art und Tötungsdelikte erst recht, gehören sachlich aufgeklärt. Ursachen werden erörtert. Damit ist man bereits bei der Aufsichtspflicht. Das werden die Eltern über sich ergehen lassen müssen."

Auch Fichte dachte mit Entsetzen daran, was den Eltern von Swenja eventuell bevorstand. Aber es gab auch sehr einfühlsame Richter, die taktvoll und schonend in der Befragung vorgingen und Milde walten ließen bei einem zu verhängendem Strafmaß.

„Sicher ist ja wohl, dass der Tod des Kindes durch den Autofahrer zu einem Gerichtsverfahren führt. Oder?"

„Natürlich. Er wird wegen fahrlässiger Tötung im Straßenverkehr belangt werden. Er ist das Schlusslicht in der ganzen Tragödie. Mit dem Start des Geschehens hat er Null zu tun. Er steht am

Ende dieser Unglücksspirale und wird bestraft werden."

„Was könnte auf ihn zukommen?"

„Das weiß ich nicht. Mit einer Geldstrafe muss er rechnen. Punkte in Flensburg und Führerscheinverlust für eine zu bestimmende Zeit sind auf jeden Fall möglich. Das scheint mir ziemlich sicher. Eventuell muss er sogar einsitzen. Das kommt auf die Richter an. Es gibt bei jeder Strafverhängung einen gewissen Spielraum."

„Wenn ich über die Menschen und die Welt an sich nachdenke, dein Fall eingeschlossen, wenn ich die täglichen Berichte durch die Medien höre und sehe, wie Menschen sind, was sie tun oder lassen, wie sie miteinander umgehen, was sie Tieren und der Natur antun, dann weiß ich, warum ein Krokus weinen kann."

„Und warum?"

Fichte sah voller Spannung zu seiner Frau.

„Er bietet der Erde seine einmalige Farbenpracht an. Einen bunten Strauß von betörender Schönheit. Muss er sich nicht fragen, ob die Bewohner des Planeten dieses Geschenk der Natur überhaupt verdient haben?"

„Aber die Menschen sind wie sie sind. Es gibt keine anderen. Sag das deinem Krokus."

Vita der Autorin

Renate Lanius lebt in Köln. Hier besuchte sie die Ursulinenschule und machte Abitur. Anschließend studierte sie Medizin an der Kölner Universität, an der sie auch über eine spezielle Untersuchung bei Herzinfarkt promovierte.

Nach der Approbation zur Ärztin arbeitete sie ein halbes Jahr unter der Leitung von Doktor Walter Ernst auf der Inneren Station des Hildegardis – Krankenhauses, bevor sie ihre Allgemeinpraxis eröffnete, die sie fünfundzwanzig Jahre betrieb.

Inzwischen hat sie die Praxis an ihre jüngere Tochter Dr. Mirka Lanius übergeben und widmet sich ihren Hobbys, dem Schreiben, den Tieren und dem Sport.

Bisher sind von ihr erschienen:

Ein Puls für zwei Leben

Diese Dreiecksgeschichte beschreibt das Leben eines Aufsteigers, der zwischen zwei Frauen gerät, was ihm zum Verhängnis wird. Das Drama einer Familie.

Koko, Mira und…

ist ein Kinderbuch über ein wundersames Pferd, über seine traurige Jugend, seine ungewöhnlichen Freunde und ihre gemeinsamen Abenteuer. Mit seinem liebenswerten Wesen und seinem Talent galoppiert Koko nicht nur in die Herzen vieler Menschen sondern zu ungeahnten Erfolgen. Sein Ruhm lässt ihn unsterblich werden.

Atem des Feuers

ist ein Kriminalroman. Ein Toter in einem Kölner Reitstall schockt die Stadt. Wer war dieser Mann? Warum musste er sterben?

Ich heiße Marlar und mache einen drauf

ist ein Märchenbuch über die Kölner Jungelefanten, ihr Leben in der Gemeinschaft, ihre Abenteuer und ihre Erziehung durch die Tanten (so bezeichnet man die weiblichen Elefanten in einer Herde), um schließlich den richtigen Platz auf der Wiese des Lebens zu finden.

Wolkenglitzer

ist eine Beziehungsgeschichte, ein Gesellschafts-
roman voller Tragik.

Tanz über dem Wasser

zeigt ein verwirrendes Geflecht von menschlichen
Abgründen, von Lüge und Mord, aber nicht ohne
zwischenmenschliche Beziehungen und verzau-
bert durch einen Hauch zarter Liebe.

Das Flüstern der Sterne

ist ein spannender Krimi, von einer Liebesgeschichte durchzogen.

Zauber des Nebels

In einem Kölner Golfclub wird ein Toter entdeckt,
nicht weit davon ein schwerverletzter Jugendli-
cher. Gibt es einen Zusammenhang? Welches
Motiv könnte der vermeintliche Täter haben?

Diverse Gedichte sind veröffentlicht in der Antho-
logie **„Worteatem**", in der **Nationalbibliothek** des
deutschsprachigen Gedichts, im Jahrbuch für das
neue Gedicht der **Brentano Gesellschaft** Frank-
furt, in **„Wege und Umwege"** sowie in **„Abschied
und Neubeginn"**, beides im Verlag Edition-Wort
erschienen

Mein besonderer Dank gilt der Künstlerin Marianne Meschede, Portrait- und Landschaftsmalerin aus Hannover, die das Cover dieses Buches entwarf und schon meine Kinderbücher illustrierte.

Mein Dank gilt auch Christian Kniß für Beratung, Korrektur und Satz.

Kontakt und Impressum:

Renate Lanius
www.lanius-renate.de / lanius-renate@web.de